中央宣传部2020年主题出版重点出版物
贵州省决战决胜脱贫攻坚重点主题出版物

本书获2020年贵州省出版传媒事业发展专项资金资助

苍山如海：东西部扶贫协作丛书

从杭州到黔东南

《从杭州到黔东南》编写组　编著

贵州人民出版社　　浙江人民出版社

图书在版编目（CIP）数据

从杭州到黔东南 /《从杭州到黔东南》编写组编著. -- 贵阳：贵州人民出版社，2021.1
（苍山如海：东西部扶贫协作丛书）
ISBN 978-7-221-15494-1

Ⅰ.①从… Ⅱ.①从… Ⅲ.①报告文学 – 中国 – 当代 Ⅳ.①I25

中国版本图书馆CIP数据核字(2020)第248992号

从杭州到黔东南
CONG HANGZHOU DAO QIANDONGNAN

《从杭州到黔东南》编写组　编著

出 版 人：王　旭
责任编辑：马文博　陶辰悦　代　勇　何　婷
封面设计：源画设计
版式设计：唐锡璋　陈　电
出版发行：贵州人民出版社　浙江人民出版社
地　　址：贵州省贵阳市观山湖区会展东路SOHO办公区A座
邮　　编：550081
印　　刷：贵州新华印务有限责任公司
开　　本：787mm×1092mm　1 / 16
印　　张：16.75
字　　数：220千字
版　　次：2021年1月第1版
印　　次：2021年1月第1次印刷
书　　号：ISBN 978-7-221-15494-1
定　　价：68.00元

苍山如海：东西部扶贫协作丛书
编 委 会
（按姓氏笔画排列）

主　　任：卢雍政

副主任：王楚宏　刘卫翔　孙立杰　李　军　李亚平
　　　　陈昌旭　邵玉英　姚　海　徐　炯　徐少达
　　　　戚哮虎　梁　健　焦建俊　谢　念　靳国卫

成　　员：王　旭　王为松　王会军　王保顶　韦　浩
　　　　尹昌龙　邓国超　古咏梅　叶国斌　冉　斌
　　　　刘　强　刘兴吉　刘明辉　孙雁鹰　李卫红
　　　　李海涛　杨　钊　肖凤华　肖延兵　何国强
　　　　张化新　张田收　张绪华　陈少荣　郑　斌
　　　　钟永宁　骆浪萍　聂雄前　贾正宁　高　嵘
　　　　黄　强　黄定承　梁　勇　梁玉林　蒋泽选
　　　　鲍洪俊　窦宗君　蔡光辉　阚宁辉　颜　岭

统　　稿：张　兴　程　立

苍山如海：东西部扶贫协作丛书
编辑部
（按姓氏笔画排列）

主　　任：王　旭　王为松　王保顶　叶国斌　刘明辉
　　　　　肖风华　张化新　胡治豪　钟永宁　聂雄前
副 主 任：尹长东　代剑萍　刘　咏　何元龙　张　斌
　　　　　张绪华　陈继光　洪　晓　夏　昆　倪腊松
　　　　　蒋卫国　程　立　谢丹华　谢亚鹏
成　　员：丁谨之　马文博　卞清波　卢　锋　卢雪华
　　　　　刘　焱　李　莹　卓挺亚　尚　杰　唐运锋
　　　　　黄会腾　黄蕙心　谢　芳　熊　捷

《从杭州到黔东南》
编委会
（按姓氏笔画排列）

主　　编：戚哮虎　谢　念
副 主 编：杨　钊　黄定承　鲍洪俊　蔡光辉
编　　委：王　旭　叶国斌
组　　稿：尹长东　邹　冉　祝芷媛
统　　筹：吴　薇　范爱红　赵　波　熊　诚

用心用情深刻记录呈现"千年之变"

当历史来到21世纪的第20个年头,贵州在以习近平同志为核心的党中央坚强领导下,在全省各族干部群众艰苦努力下,如期高质量打赢脱贫攻坚战,实现了全省66个贫困县整体脱贫,历史性地撕掉了千百年来绝对贫困的标签,正以深深镌刻在17.6万平方千米大地上的"千年之变",与全国一道,昂首跨入全面小康,踏上社会主义现代化建设新征程。

习近平总书记指出,我们党是用马克思主义武装起来的政党,始终把为中国人民谋幸福、为中华民族谋复兴作为自己的初心和使命,并一以贯之体现到党的全部奋斗之中。贵州是全国脱贫攻坚的主战场。贵州省委、省政府团结带领各族群众摆脱贫困,始终牢记习近平总书记、党中央对我们的殷殷嘱托,始终坚守矢志不渝的初心、孜孜以求的梦想。党的十八大以来,全省上下牢记嘱托、感恩奋进,大力弘扬"团结奋进、拼搏创新、苦干实干、后发赶超"的新时代贵州精神,强力实施大扶贫、大数据、大生态三大战略行动,不仅夺取了脱贫攻坚战的全面胜利和新冠肺炎疫情防控阻击战的重大胜利,更创造了经济增速在全国连续领先的"黄金十年",在大战大考中交出了一份党中央放心、人民满意的优异答卷。贵州翻天覆地的历史巨变,鼓舞人心,催人奋进,被习近平总书记赞誉为"党的十八大以来党和国家事业大踏步前进的一个缩影"。

看似寻常最奇崛，成如容易却艰辛。在打赢脱贫攻坚战的伟大征程中，为了光荣与梦想，许多同志牺牲在了脱贫攻坚一线。贵州全省上下尽锐出战，以不怕牺牲、排除万难的精神状态，实现923万贫困人口脱贫，从曾经是贫困人口最多的省份变为减贫人口最多的省份；全面完成192万人（含恒大集团援建毕节搬迁4万人）易地扶贫搬迁任务，搬迁力度之大、人数之多、影响之深、成效之大，前所未有，世所罕见；纵深推进农村产业革命，连续三年农业增加值位居全国前列；在完成村村通硬化路的基础上，在西部地区率先提出并实现"组组通"公路，在西部地区第一个实现建制村100%通客运，率先在全国使用"通村村"平台；在西部率先实现县域义务教育基本均衡发展，在全国率先实现省市县乡四级远程医疗；东西部扶贫协作山海倾情携手，有力助推了贵州脱贫攻坚……

脱贫攻坚，是前无古人的伟大事业。在中国反贫困史上，矗立起的光彩熠熠的贵州里程碑，为中国乃至世界的反贫困事业提供了"贵州样本"，书写了中国减贫奇迹的贵州精彩篇章。

编纂"贵州省决战决胜脱贫攻坚重点主题出版物"系列图书，旨在全面总结宣传贵州决战决胜脱贫攻坚的巨大成就、宝贵精神、成功经验、先进事迹，讲好"英雄辈出"的脱贫攻坚故事。系列图书全方位、多角度记录和展现贵州脱贫攻坚的辉煌历程，必将为全省各族干部群众以更加昂扬的精神状态，紧密地团结在以习近平同志为核心的党中央周围，坚持以习近平新时代中国特色社会主义思想为指导，承前启后、继往开来，同心同德、拼搏进取，巩固拓展脱贫攻坚成果，续写新时代高质量发展新篇章，奋力开创百姓富、生态美的多彩贵州新未来提供重要的精神营养和文化支撑。

目 录
CONTENTS

千山万水同奋进……………………………………………………003

产业项目

杭黔十二模式谱新篇…………………………………………………035
风自东方来……………………………………………………………043
上市公司"西南飞"……………………………………………………045
雷山茶的新转机………………………………………………………048
"两江兄弟"共筑蓝莓梦………………………………………………051
移出"绿色新故事"……………………………………………………053
品牌,"黔货出山"的翅膀……………………………………………057
一个人与一个厂………………………………………………………061
大棚就是"聚宝棚"……………………………………………………065
一株吊瓜的"扶贫之旅"………………………………………………068
"基地"让钱袋子"鼓"起来……………………………………………075
小树藤编织出脱贫路…………………………………………………079
油茶为脱贫"加油"……………………………………………………082

东西协作结出"甜蜜果实"……………………………………… 085
民营企业勇当社会扶贫主力军…………………………………… 088
花卉产业助农增收………………………………………………… 092
小菌菇"出山不愁嫁"……………………………………………… 094

市场劳务

岗位送到家门口…………………………………………………… 097
招聘会上找到了"岗位"…………………………………………… 100
"一班两送三心服务"……………………………………………… 104
7万多名农民工乘专机专列返岗就业…………………………… 111
协作不忘残疾人…………………………………………………… 114
从"输血"转向"造血"……………………………………………… 117
"小车间"的"大作为"……………………………………………… 122
扶贫车间在黎平"开花结果"……………………………………… 126
鼓了钱袋子，学了好技能………………………………………… 131
"我们在杭州挺好"………………………………………………… 135
电商扶贫共创品牌………………………………………………… 140
直播带货　打造"黔品杭馆"……………………………………… 143

文化教育

打造"文化教育"新样本…………………………………………… 145
种下文化的种子…………………………………………………… 148
让文化为传统商品添彩…………………………………………… 150
638个村的"卓卓村长"…………………………………………… 153
深山苗寨"卖风景"………………………………………………… 156
绣着花、带着娃、挣着钱、养着家……………………………… 160
苗家人的锦绣"致富路"…………………………………………… 163

大山深处的爱……………………………………………… 169

职业教育点亮脱贫梦想…………………………………… 173

"菜单式"组团送教………………………………………… 177

撒下种子，就会发芽……………………………………… 180

这里没有"辍学"两个字…………………………………… 183

医疗卫生

"组团"来的健康"守护神"………………………………… 186

"白衣天使"汪四花………………………………………… 190

最是一片真情……………………………………………… 196

一身白大褂红心牵两地…………………………………… 200

家门口也能看好病………………………………………… 205

架起远程医疗"健康桥"…………………………………… 210

线上线下一片情…………………………………………… 213

为山区百姓解除病痛……………………………………… 219

万水千山总关情…………………………………………… 221

人物事迹

"以身立教"：陈立群………………………………………… 223

"施工队长"：沈翔…………………………………………… 227

巾帼"战士"：盛春霞……………………………………… 233

亲民干部：胡彪…………………………………………… 239

青年才俊：徐赟…………………………………………… 244

科技英才：诸葛翀………………………………………… 249

后　记……………………………………………………… 254

按照"优势互补、长期合作、共同发展"的方针和"突出重点、民生优先"的原则,杭州市真扶贫、扶真贫,多渠道、多形式对口帮扶黔东南州,在资金项目、产业帮扶、社会事业帮扶、人才智力帮扶、常态化交流机制等方面倾力支持。

千山万水同奋进

杭州市，素有"人间天堂"的美誉，是浙江省省会和全省经济、政治、文化、科教中心，长江三角洲中心城市之一，国际重要的电子商务中心。

黔东南州，被联合国教科文组织誉为"人类疲惫心灵栖息的最后家园"，是一个美丽而又神奇的地方，也是贵州省贫困人口分布最为集中、贫困发生率最高的地区。

纵然相隔千山万水，两地却结下了不解之缘。

2013年2月，国务院办公厅印发了《关于开展对口帮扶贵州工作的指导意见》，新增上海、苏州、杭州、广州4个东部城市对口帮扶贵州，实现了8个东部发达城市一对一对口帮扶贵州8个市州。就此，相隔1500多公里的浙江省杭州市与贵州省黔东南州结下了"千里之缘"。

在深入沟通、多次调研之后，杭州市将黔东南州16个县（市）的优势及特点，与杭州市13个县（市、区）的优势及特点逐一进行比较，找到结合点，提出区县结对方案。

按照"优势互补、长期合作、共同发展"的方针和"突出重点、民生优先"的原则，杭州市真扶贫、扶真贫，多渠道、多形式对口帮扶黔东南州，在资金项目、产业帮扶、社会事业帮扶、人才智力帮扶、常态化交流机制等方面倾力支持。

2013年至2017年，杭州市安排对口帮扶黔东南州项目383个，投入帮扶资金近2.26亿元；帮助改造完善美丽乡村40多个；杭州市到黔东南州投资项目68个，总投资146亿元；派驻医疗专家177名，帮助培训医疗卫生人员200名……帮助黔东南州谱写了跨越发展的新篇章。黔东南州经济连续五年保持"三个高于"的增长速度，年均增速位居贵州省第一；城镇和农村居民人均可支配收入增长迅速，脱贫攻坚成效显著。

2018年，杭州市、黔东南州深入学习贯彻习近平总书记关于扶贫工作的重要论述和东西部扶贫协作重要指示精神，紧紧围绕中央深化东西部扶贫协作助推脱贫攻坚的总体部署，按照对口帮扶协作协议，牢记使命、聚焦精准、突出重点、协同创新、扎实推进、争先创优，构建起"政府帮扶、人才支持、企业合作、社会参与"的全方位、多领域协作工作格局。

在研究制定"十三五"东西部扶贫协作规划的基础上，两地细化制定了《杭州市助推黔东南州打赢脱贫攻坚战三年行动实施方案（2018—2020年）》，确定援助资金、援派干部、劳务协作、携手奔小康等帮扶任务和目标。

从2018年开始，杭州市与黔东南州扶贫协作加码加力，组建了杭州市帮扶黔东南州工作队，开始由单向帮扶向双向合作转变、由"输血式"帮扶向"造血式"帮扶转变、由政府帮扶向社会多元帮扶转变（合称"三个转变"），扶贫任务目标更加精准、产业发展合作更加深入、劳务协作更加有力、社会帮扶更加广泛、帮扶合作机制更加完善、旅游合作更加融合的扶贫协作之花璀璨绽放。

从这一年开始，杭州市立足"黔东南所需、杭州所能"，持续加大东西部扶贫协作资金的投入。本着"精准扶贫、精准脱贫"的原则，坚持90%以上的援助资金用于贫困村和贫困户，大部分用于发展产业项目，并量化到建档立卡贫困户，建立利益联结机制。仅2018年，杭州市东西部扶贫协作资金投入达5.864亿元，是2017年度的8.75倍，县均达3909万元。

山高水远，情谊绵长。2018年6月22日，杭州市与黔东南州东西部扶贫协作联席会议在浙江举行。中共浙江省委常委、杭州市委书记周江勇强调："按照浙江、贵州两省的决策部署，自觉扛起使命担当，坚持焦点不散、靶心不变，全力做好对口帮扶工作，同黔东南州各级党委、政府和广大人民一道，携手打赢精准脱贫攻坚战。"

"真情实意、真金白银、真抓实干。"这是黔东南州委书记桑维亮、州长罗强对杭州市对口帮扶黔东南的真挚表达。

两地跨越千山万水的碰撞、携手、交融、协作，绘就了一幅波澜壮阔的东西部扶贫协作新图景。

从2018年以来，杭州市以助力黔东南州按时高质量打赢脱贫攻坚战为目标，坚持产业、就业和社会事业"三业联动"，充分用好21.124亿元帮扶资金，实施帮扶项目685个，创新探索出"筑巢引凤""招补短板""东品西移"等杭黔东西部扶贫协作十二大经验模式，努力打造展现东西部扶贫协作制度优势的重要窗口。两地携手奋进、战果累累。截至2020年初，黔东南州累计有13个贫困县脱贫摘帽，1436个贫困村出列，减少贫困人口54.02万，贫困发生率从14.42%下降到1.19%，脱贫攻坚取得决定性胜利。

补短延链：产业之花遍地开

仲夏，山风习习。黔东南州雷山县望丰乡茶叶基地里，依然可见采茶工人们忙碌的身影，袅袅茶香萦绕山间。

"现在夏茶也是宝咯。"茶农们笑语晏晏。

过去弃之可惜、采收又价值不高的夏茶现在之所以得以"翻身"，得益于杭州市牵头帮扶的茶产业项目。

"采摘时间短，加工品质不高，卖不起价。"望丰乡望丰村老村主任、茶叶企业负责人吴江道出夏茶上市之难。"虽然觉得有点可惜，但也没有找到解决之道。"

茶企有顾虑，当地党委、政府却一直在寻找突破的契机。

2018年，在杭州市帮扶黔东南工作队的帮助下，浙江吉利控股集团在雷山县投资2000万元，打造望丰乡三角田村吉利茶旅文化扶贫示范产业项目。

在浙江吉利控股集团、杭州市东西部扶贫协作项目支持下成立，并负责运营管理的雷山县云尖农业投资开发有限责任公司（以下简称"雷山云尖公司"）成了茶产业的"生力军"。公司采用现代化企业管理理念，引进浙江的先进茶叶生产技术，依托吉利集团上下游供应链平台和品牌资源，进行雷山茶叶的生产管理和销售推广。

2018年10月，雷山云尖公司开始试生产。2019年3月正式投产。雷山云尖公司引进了当时国内最先进的扁形茶、揉捻茶、红茶生产线5条，有效弥补了当地无茶叶精细加工生产线的短板，首次实现了当地夏秋茶的收购与加工；先后开发了"雷山云尖""雷山金红"等茶叶品牌，并与故宫博物院联合开发了"宫禧福茶"，还与杭州娃哈哈集团合作开发了扶贫茶饮。2019年，该公司累计销售额达321.56万元，惠及雷山县17个村1700多户贫困户。

望丰乡夏秋茶通过深加工抢占市场的蜕变，是东西部扶贫协作杭黔模式"招补短板"的生动呈现。

在种植养殖生产、精深加工、培育品牌、市场营销等产业链条中，产品精深加工不足是制约黔东南州种养业发展的短板，从而导致全州产业层次较低，加工转化率不足，大量中药材、茶叶等以原料或粗制品形式销往外地，产品附加值不高。

杭黔东西部扶贫协作通过多种形式加快补齐了这一短板：一是辅导一批。针对因生产环节因素导致的产品大小不一、品质不佳等问题，通过派遣专业技术人员指导，改良品种，开展种养殖、采摘培训，分类筛选等，提高原料标准化程度，进行更好地加工细分。二是提升一批。对于已有市场主体且具有一定竞争能力的加工行业，通过投入帮扶资金进行技术改造、设备更新及扩大规模，提升加工能力。三是引选一批。针对市场空白或实力不足而又迫切需要的加工配套，积极引进东部农产品加工龙头企业，并在布局及设计时考虑辐射全州的要求，以带动全州产业发展。

天柱县通过与杭州市农业龙头企业——建德市三弟兄农业开发有限公司反复对接洽谈，寻找合作最大公约数，最终促成该公司在天柱县投资建设集美丽牧场、屠宰加工、冷链物流、批发销售等于一体的生态养鸡全产业链项目（贵州联合润农畜禽产业发展有限公司）。项目计划总投入1.8亿元，其中投入东西部扶贫协作资金1400万元，建设现代化食品冷链园1座（占地面积24亩），包含屠宰加工量1800万羽的屠宰加工车间1座、食品深加工车间1座、3000吨冷库1座及冷链物流车辆30台；建设规模化美丽牧场2家，年出栏量可达240万羽肉鸡，计划带动农户养殖500万羽肉鸡，项目可带动1500名贫困户实现增收。同时，在杭州等东部城市布局展销窗口、农贸市场、连锁超市、农产品批发市场等产品销售网络。通过该项目的实施，大幅降低了全州畜禽养殖和屠宰成本，延伸了产业链条，并为"黔货出山"提供冷链物流体系支撑，全方位提升了黔东南畜禽全产业链市场竞争力。黎平县是贵州省油茶重点发展示范县之一，全县共种植油茶36.72万亩，油茶种植面积和产量均列全省第一。该县通过东西部扶贫协作招商，引进浙江久晟油茶科技有限公司，投入东西部扶贫协作资金2075万元，在中潮镇黎平经济开发区建设万吨油茶籽精深加工厂，在罗里乡上平头村和沟溪村新种植油茶663亩，在德凤街道黎平所村提升改造油茶基地948亩，通过利益联结带动贫困人口1400人。其中，万吨油茶籽精深加工厂于2020年投产，投产后年销售收入可达1.058亿元。该项目的建成，进一步发挥黎平县油茶产业基地和企业的引领示范作用，实现油茶产业融合发展，对推动全县林（农）业产业结构调整，促进群众就近就业，带动群众脱贫致富等有显著意义。

短板在补齐，产业链条也在拉长、延伸。发挥黔东南州资源优势，瞄准杭州市发展先行优势和梯度转移趋势，杭黔扶贫协作中，两地坚持"拉长产业链、提升价值链、打造供应链、完善循环链"的目标，充分对接资源及需求，开展精准招商、"筑巢引凤"，推进东部企业到黔东南州布局落子、投资兴业。

通过出台《黔东南州关于支持杭州企业来黔东南投资发展的激励措施（试行）的通知》，举办"助推脱贫攻坚浙商在黔行动""扶贫协作产业招商推介"等一系列活动，三年来累计引导东部投资企业167家，到位投资额98.03亿元，华鼎集团、华铁应急、华东医药等一大批上市公司和行业龙头企业到黔东南州落地投资，有效弥补了全州产业层次较低、加工转化率不足、产业链不完整等短板。

三穗县投入东西部扶贫协作资金4750万元，在三穗县经济开发区建设标准生产厂房、生产配套用房4.3万平方米（其中项目一期2.6万平方米、项目二期1.7万平方米），引进上市公司浙江华铁应急设备科技股份有限公司。该公司在三穗县投资建设建筑装备制造产业工厂，项目一期已于2019年11月投产运营，实现当年签约、当年开工、当年建成、当年投产、当年分红，带动240人就业，52名贫困户实现稳定就业；2020年项目二期建成投产后，整个扶贫产业基地将实现年营业收入1.5亿元、年缴纳税收400万元以上，提供就业岗位400个，同时利益联结全县建档立卡贫困人口5205名，人均年增收500元以上。

台江县余杭扶贫产业园总面积约5万平方米，投入东西部扶贫协作资金7370万元，建成1条高性能动力蓄电池生产线、2个箱包和2个鞋类扶贫生产车间、1栋"国六"标准堇青石蜂窝陶瓷载体生产厂房、2栋食用菌育种厂房，形成天能、华耀、方黎湾、长滩四大园区，形成产业扶贫集群。园区可吸纳2000多名劳动力就近就业，其中贫困人口600名以上，实现年产值6亿元、税收2500万元以上，年生产动力蓄电池400万只、箱包200万个、鞋子50万双、秀珍菇230万斤；同时通过利益联结机制，带动贫困人口8516名，人均年收入增收500元。

通过"招补短板""筑巢引凤"为黔东南州提高农业组织化程度和科技支撑奠定了基础，通过借力使力，杭黔东西部扶贫协作大力推广"公司＋合作社＋农户"发展模式。剑河县食用菌产业、锦屏县铁皮石斛产业等迅速发展崛起，成为其中的典型代表。

2018年以来，剑河县累计投入东西部扶贫协作资金近6600万元，引进江西荣通农业发展有限公司，注册成立贵州剑荣菌业有限公司，企业自筹资金近1.1亿元建设剑河县食用菌产业园、南高食用菌恒温智能化种植示范基地等多个项目。通过"龙头企业＋合作社＋农户"模式带动，2019年，全县食用菌生产种植规模达5000万棒，产值2.5亿元，直接带动2300名以上贫困群众就业，人均年收入增收9000元以上，东西部扶贫协作资金利益联结贫困群众1.3万人，人均年收入增收500元。剑河县借助东西部扶贫协作机遇，大力发展林下经济的做法得到了贵州省委、省政府主要领导的批示肯定，并在全省推广。

2019年，锦屏县引入浙江铁枫堂生物科技股份有限公司，大力发展铁皮石斛产业，并与锦屏县金森林业投资开发有限公司（国有平台）开展战略合作，采取"龙头企业＋国有平台＋合作社＋贫困户"的模式，共投入资金1.76亿元，其中投入东西部扶贫协作资金1200万元、企业自筹1.64亿元。锦屏县已建立野生铁皮石斛种植基地8000多亩，远期将支持锦屏县发展石斛产业10万亩，配套建设冷藏库、加工厂等全产业链基础设施，目标是打造贵州省乃至全国铁皮石斛的全产业链示范基地。铁皮石斛当年种植，第二年产生效益，可以连续收获四年，预计平均每年每亩鲜条产量60斤以上，按收购价每斤170元收算，每年产值超过8000万元，可带动4426

户17260名贫困人口实现增收。

一个个产业示范基地、产业园区在黔东南州开花结果，既添了活力、增了动力，也让群众脸上绽放了笑容。

与此同时，土地上的"变革"也在进行。丹寨县兴仁镇烧茶村的田地里，一排排水泥柱向远处延伸。水泥柱上缠着爬藤网，三两株吊瓜顺着瓜架生长着。吊瓜下面的土地上，郁郁葱葱的板蓝根随风轻舞着。

"用有限土地因地制宜地创造更多的价值。"丹寨县扶贫办副主任、杭州挂职干部徐赟如是说。2018年4月，杭州市滨江区东西部扶贫协作工作组进驻丹寨县。经过充分调研后，工作组认为烧茶村地处山区，气候、土壤条件都不错，决定引导从浙江引进成立的丹寨县浙丹食药用菌开发有限公司（以下简称"浙丹公司"）在烧茶村试种吊瓜。同时，为了提高土地利用率，因地制宜地推出吊瓜套种板蓝根。2019年，烧茶村吊瓜套种板蓝根项目被正式列为"丹寨县2019年第一批东西部扶贫协作项目"。

为推动产业实施，除了提供技术跟踪服务和优质种苗外，浙丹公司还采取了"公司＋基地＋合作社＋农户"的组织方式，以"订单种植、保底价收购"的合作模式，形成了一条"种苗提供—种植—加工—销售"的全产业链。2018年，烧茶村利用贵州省委、省政府下拨的扶贫资金，先后投入34万元，种植了110亩吊瓜套种板蓝根。

"公司的收购价达到了每公斤30元，群众还可以获得土地流转、务工、项目分红等多项收入。"烧茶村党支部书记杨秀贤高兴地说。试种当年，烧茶村就从贫困村中出列了。

在杭州市的帮扶下，2019年和2020年，烧茶村先后投入270万元、300万元用于扩大种植面积，每年各增种吊瓜套种板蓝根300亩，如今烧茶村种植面积已达到710亩。

"吊瓜套种板蓝根能做到当年种植、当年采收，每亩吊瓜平均年纯利润为2500元，板蓝根为2000元。科学套种后，每亩年均利润可达4500余元。"杨秀贤介绍道。

截至2020年6月，烧茶村的吊瓜套种板蓝根项目基地覆盖贫困群众310户1219人，带动600人以上参与务工。从2019年开始，村里150多个外出打工的村民陆陆续续返乡，占总外出务工人数的一半。

"以前想都不敢想，现在，我家都有存款了。"烧茶村村民陈天秀说。她原是村里的贫困户，自从村里的吊瓜套种板蓝根产业发展起来后，陈天秀就在基地里务工，每天有90元左右的收入，现在家里已经存了2万多元，顺利脱掉了贫困帽子。

丹寨县实施"吊瓜（长期收益）+板蓝根（短期收益）""吊瓜（长期收益）+黄精、天门冬（中期收益）"产业套种搭配新模式。一方面，利用吊瓜与中药材种植生长期互补的特点，发挥吊瓜为中药材"撑伞遮阳"作用，又提高了土地利用率；另一方面，利用吊瓜产业收入长期稳定（五年）的优势，搭配套种短期产业板蓝根（一年）或中期产业黄精、天门冬（三年），增加了亩产收益。丹寨县连续两年在全县推广实施中药材套种3370亩，投入东西部扶贫协作资金3704万元，利益联结带动贫困人口3459名。吊瓜套种板蓝根丰产期每亩年产值约9100元，吊瓜套种黄精、天门冬每亩产值约3.9万元。通过套种产业的实施，为当地开创了一条节约产业用地、增加亩产收益、短中长期稳定收益的致富新路。

"以短养长"，共生共荣。提高土地利用率和附加值，既是"九山半水半分田"的黔东南州破解产业用地紧缺难题的一把"钥匙"，也是东西部扶贫协作从"输血"到"造血"的生动实践。

丹寨县药瓜套种模式、施秉县立体种养模式、锦屏县林下套种中药材模式、麻江县蓝莓果园养蜂模式等发展模式，在推动产业规模化发展的同时，也完善了黔东南州产业结构，延伸了产业链，提升了价值链，带动贫困人口实现稳定增收。

让贫困群众看得见、摸得着，有实实在在的获得感。从2018年至2020年4月，杭州市聚焦黔东南州坝区、林区、园区发动产业攻势，投入产业帮扶资金16.7亿元，精心谋划帮扶产业项目415个，推动坝区产业结构调整、林下经济产业发展和共建园区产业提质增效；共建产业园区13个，引导到园区投资企业67个，实际投资额35.29亿元；实现剑河食用菌、岑巩种桑养蚕、丹寨吊瓜、雷山黎平茶叶、榕江中药材、天柱禽类养殖等农业产业规模化生产。

同时，大力推进"东品西移"，立足黔东南州实际，借鉴东部已有经验、技术，先后引进蚕桑、西红花、大闸蟹、甲鱼等种植养殖品种，强化油茶、山核桃、楠竹等农产品的技术培训和改进，提高投入产出比，实现"项目建设有效率、项目运营有效益、协作帮扶有效果"。发挥帮扶资金"四两拨千斤"效应，在全州形成食用菌、中药材、茶叶、油茶、畜禽、蚕桑、笋用竹、装备制造、服装加工、"非遗"文创等十大帮扶产业，利益联结1566个贫困村，带动22.7万名建档立卡贫困人口增收脱贫。真正将黔东南州的自然优势转化为产业优势，将生态优势转化为经济效益，将"绿水青山"转化为"金山银山"。

品牌赋能："黔货出山"如泉涌

2020年6月15日，端午节前夕，两辆满载着6121份锦屏"扶贫礼包"的货车抵达杭州市富阳区。

这些"扶贫礼包"由杭州市富阳区108家单位订购，总价达180万元，包含金丝皇菊、云照绿茶、羊肚菌、山茶油、绿壳鸡蛋等锦屏县农特产品。这些产品都是从锦屏农户手中收购的，由贵州杉乡文旅公司旗下的子公司杉乡锦味旅游产品开发有限公司（以下简称"杉乡锦味公司"）加工包装。

自杭州市富阳区与锦屏县开展东西部扶贫协作以来，这样的扶贫消费采购活动为数不少。2019年，杭州市富阳区全年累计采购锦屏县"扶贫礼包"超1.8万份。此外，杭州市富阳区还通过组织单位食堂采购特色农产品、开设线上"扶贫馆"、设立线下农产品展销中心、组织职工疗养等方式开展消费帮扶。2019年，全区已累计采购、销售锦屏县特色农产品价值1784万元，组织3395名企事业单位职工赴锦屏疗养。

截至2020年6月，杉乡锦味公司共完成农特产品销售额330万元。其中，食用菌（干货）1.23万斤，销售额86万元；大米（五谷）18.6万斤，销售额75万元；绿壳鸡蛋9.6万枚，销售额22万元；山茶油近3103斤，销售额40万元；金丝黄菊近5000斤，销售额23万元。直接带动全县20多家农民专业合作社和农业龙头企业发展，解决近5000余户建档立卡贫困户的就业和增收问题。

无独有偶，2020年端午节前夕，贵州千里山生态食品股份有限公司也接到了来自杭州市江干区约2.5万斤三穗鸭的订单，销售额达60万余元。

订单纷至沓来、山珍泉涌出山，是杭州市、黔东南州深化东西部扶贫协作的生动写照。消费帮扶，助推"黔货出山"，对当地产业发展和农民增收产生了积极作用。

山清水秀、风情浓郁的黔东南州，拥有许多极具地方特色的农产品、手工艺品。但其商业化基础薄弱，缺乏直达市场的通道，地方传统企业和传统手工艺人在直面成熟的商业化运作体系时难以打开销路，品牌知名度不高。

杭黔东西部扶贫协作坚持政府引导、社会参与、市场运作，强化产销对接，塑造品牌形象，不断拓宽"黔货出山""黔货入杭"通道。

注重品牌打造。借鉴浙江省区域公用品牌打造的先进经验，推行"公共品牌＋企业品牌"的品牌推广模式，打响覆盖各类产品的区域性公共产品品牌"苗侗山珍"。葛根挂面、小香鸡、红薯干、米线……走进榕江县电商服务中心，各类包装精美的农副产品琳琅满目。

"这款'薯宝宝'红薯干已销往全国各地。"随手拿起一包红薯干，中共榕江县县委常委、副县长，同时也是中共桐庐县委常委的盛春霞介绍说。当地村民都有种植红薯的习惯，但利用价值不高，除了自己吃，少量拿去市场卖，剩下的都拿来喂猪了。

无包装、无品牌、自产自销是榕江县乃至整个黔东南州农特产品的一个普遍现状，要实现"出山"，就要对产品加强加工、设计，为品牌赋能迫在眉睫。

2019年，榕江县引进了杭州市安厨电子商务有限公司运营县电商公共服务中心，打造了"扶榕乐购"电商平台。

"我们主要着重从标准化、电商化、品牌化、市场化、特色化几个方面去做产品开发，打造爆品。"安厨工作人员朱玉英说。据她介绍，目前已利用先进产品开发理念，帮助17家企业完成15款产品包装升级，63款农特产品上线"扶榕乐购"平台。

当地传统的红薯种植也在引进桐庐县一家农产品深加工的企业后，走上了标准化、规范化、规模化种植的道路。经过企业的产品加工、品牌赋能，零添加、口感软糯、甘甜的"薯宝宝"红薯干一经面世后，很快就得到了市场认可，销往全国各地。榕江的葛根面经过重新设计包装，融入榕江特色后，在市场上大火，成了2019年当地线上销售冠军产品。

2019年，榕江县电商公共服务中心组织带动的消费扶贫总额达2260多万元，带动贫困户1332户5460人。2019年11月，以"苗侗祖源、绿色榕江"为主题的榕江县区域公用品牌发布会在杭州举办，成功推出了锡利贡米、葛根粉、葛根面、山茶油、木耳、香菇等十几款农产品。榕江县还在桐庐县开设集产品展销、特色文化展示、旅游宣传推介等功能于一体的榕江特色产品展销馆。

加强产品设计。强化"两品一标"认证和IP形象规范，引入网易严选、妈妈制造、王的手创等专业团队，在产品开发、包装设计、故事推销等方面进行重塑，提高黔东南州产品吸引力。

2018年11月，网易严选与雷山县签署了战略合作协议，启动了品牌共创脱贫计划。瞄准雷山苗绣、苗银、苗族食品等极具民族特色的地方特产塑造雷山品牌、开发雷山特色商品。通过整合国内外知名设计师、知名院校等设计资源，利用网易严选"统一设计、统一包装、统一销售"的资源禀赋，帮助雷山提升特色农产品、民族手工艺品、旅游商品的包装设计水平，并帮助雷山县开展特色旅游产品的研发工作。

2019年4月，电商扶贫项目"网易严选雷山体验馆"在雷山县西江千户苗寨景区开馆。该体验馆是网易严选首家落户贵州的电商实体店，采用"西江景区线下实体店+网易严选线上电商平台"相结合的模式，推动雷山县优质农产品销售，助推群众增收致富。

为更好地提炼具有代表性的雷山形象并将其品牌化，网易严选邀请中国美术学院文创设计制造业协同创新中心专业团队共同进行雷山IP开发。通过对苗文化历史挖掘及传统苗绣等艺术作品考证，提炼出以蝴蝶妈妈传说为核心的蝴蝶纹、鸟纹和龙纹作为统一IP形象，并将其运用在商品包装、手工艺品、文创商品设计等环节，以系列化方式呈现，达到品牌赋能效果，第一期开发的68款商品首月销售额即突破100万元。

雷山翩翩起舞的蝴蝶，成为了文化IP。台江的"妈妈制造"也走向了世界。2019年，杭州市余杭区投入东西部扶贫资金300万元，为台江县引入中国妇女发展基金会"妈妈制造"项目，并通过设计支持、品牌推广、市场导入、平台搭建、技能培训等举措，有效提升了台江银饰、刺绣产业的层次，帮助贫困妇女就业脱贫。项目实施以来已完成饰品、女装等50余款产品设计，台江刺绣还亮相纽约时代广场、北京时装周、北京798尤伦斯毕加索艺术展。

2019年底，在法国举办的法国国家艺术沙龙展上，台江县"妈妈制造"苗绣作品《锦绣台江》荣获卓越工艺奖,这是台江苗绣在国际艺术展上获得的最高奖项。《锦绣台江》长22米、宽0.9米,由台江县100余名绣娘花费一个多月时间绣制完成,是目前台江苗族刺绣中最长、最精美的作品。

进行持续推销。构筑"1+13+16+N"的"黔货入杭"体系,积极组织黔东南州企业参加浙江农博会、杭州市迎新春大联展、杭州国际茶博会等各类会展。推进实施单位购销、结对助销、企业带销、活动展销、商超直销、电商营销、基地订销、旅游促销、劳务帮销、宣传推销等十大消费扶贫行动。

2020年1月4日至8日,为进一步加强东西部经济交流协作,全面展示黔东南州优质特色农产品,提升黔东南州农产品知名度、美誉度,提高"苗侗山珍"区域公共品牌影响力和品牌价值,助推"黔品入杭""黔货出山",在杭州市举办了"杭州市·都市圈优质农产品迎新春大联展暨贵州绿色农产品展销会(黔东南州专场)"。展销会上展示了来自黔东南州十多家知名企业的酸汤调味品、特色牛肉干和多种酒类、蛋类、茶类等上百种产品供杭州市民品尝选购。

值得一提的是,在这次展销会上,黔东南州政府、黔东南州农业局、黔东南州开发投资集团公司、黔东南苗侗山珍农产品行业协会、贵州蔬菜集团,共同携手,举办林下鸡、生态鸭进杭州专场推荐活动,首次将黔东南州区域公共品牌"苗侗山珍"通过展销会的形式向杭州市场宣传推广。"苗侗山珍"品牌集合了黔东南州下辖16个县、市的特色优质物产。对于打造和推广"苗侗山珍"品牌和大力推进黔东南州特色农产品走进杭州、走向全国,具有重要的战略意义。

作为"中国电商之都",杭州市在互联网产业方面一直走在全国前列。在东西部扶贫协作中,杭州市积极发挥电商优势,助力"黔货出山"。

一方面，发挥杭州市作为全国电子商务中心的优势，引进阿里巴巴、安厨、闻远科技等杭州市电商龙头企业，同时开展电商人才培训，培养了一批优秀卖家、设计师等本土电子商务人才，涌现出一大批直播达人、网红主播，帮助黔东南州打造产品供应、品质控制、物流分拨等电商运营体系。

另一方面，发挥农村淘宝、云集、贝贝等知名电商平台的品牌效应，优先为黔东南州打造三穗麻鸭蛋、麻江蓝莓等一大批网红爆品。吉利雷山云尖公司携手故宫博物院，推出"宫禧福茶"，打开雷山高端茶叶产品销售新渠道；还联合娃哈哈集团推出绿茶饮料，将夏秋茶变"废"为宝。

天柱县社学街道金山村大学生"鸡倌"熊英没有想到，自己竟成了一名直播网红。

原本，在新冠肺炎疫情影响下，她饲养的土鸡滞销了。正当愁眉不展的时候，她被推荐参加了县里举办的"致富带头人网红"培训，学会了网络直播。

2020年5月，在东西部扶贫协作专班的帮助下，熊英做起了电商，借本地养鸡全产业链及杭州市余杭区的一场公益直播活动，她把土鸡卖到北京、上海、杭州等地，滞销的上千只土鸡全部找到了销路。

直播卖货正成为黔东南农特产品出山的一条新途径。

2020年3月29日，黔东南州黎平县举办了"我为家乡代言——'我爱黎平茶'"主题网络推广活动，县委书记周文锋亲自上阵直播带货，实现线上线下交易额180万元，其中现场直接销售达2300单，推动黎平茶增销600万元以上。

通过在榕江县电商服务中心学习直播带货，侗族小伙吴汗军萌生了扎根家乡的想法。他所在的榕江县电商服务中心由杭州市帮扶设立，为返乡青年、基层干部进行电商培训，已培训3000多人次，其中，138名学员开设了网店。

让山里货走向大市场，杭州市还积极完善市场培育体系。设立黔东南州农特产品"黔品中心"，构筑各县、市"黔货入杭"体系；开设"山海联盟厅"等黔东南州特产展销点；广泛发动机关、企事业单位采购"扶贫礼包"，开展"社区的力量——带一斤回家"消费扶贫活动。

同时，线上线下联动"育市场"。线上，成功承办全国消费扶贫购物节杭州站活动，杭州云集通信科技有限公司邀请贫困县县长与网红代言人直播带货。"政采云"平台开设"农业扶贫馆"，成为行政事业单位、国企后勤保障部门及各级工会组织的采购平台之一。线下，以华东地区最大的超市——联华华商超市集团为依托，打造东西部扶贫协作产品销售展示中心，涵盖500余种优质农特产品，计划设置90个示范店、扶贫产品展销面积将超过2万平方米，目前已设置示范店15个、展销面积3000余平方米。"黔品中心＋区县级展销点＋实体门店＋社区便民车"的黔货线下体验销售网络不断织密，消费扶贫"最后一公里"正在全面打通。

从2018年以来，通过东西部扶贫协作，杭州累计帮助黔东南州实现农特产品销售额达11.67亿元（其中，2019年销售额达5.5亿元），带动贫困人口28925人。

牵线搭桥　劳务协作奔富路

援黔为了什么？

在黔干些什么？

离黔要留什么？

自杭州市与黔东南州开展东西部扶贫协作以来，一批又一批帮扶干部肩负重担而来，积极投身到黔东南脱贫攻坚战役中。他们每一个人都在思索，如何尽己所能帮"黔东南所需"？

2018年4月，中共淳安县委常委、组织部部长姚伟明也带着这样的思索到剑河县挂职，任中共剑河县委常委、副县长。

通过一段时间的考察、调研、了解，姚伟明结合实际，围绕"剑河所需"和"杭州所能"两张清单，探索出"剑河·淳安"劳务协作工作模式，把劳务输出与全员培训"两大战役"有机结合起来，紧密结合实际，注重扶贫与扶志、扶智相结合，调动贫困群众通过劳务输出实现就业脱贫的积极性和主动性。

聚焦"去杭州打工"，探索出"政府＋企业＋经纪人＋打工者"的东西部劳务协作新模式。姚伟明当起了"经纪人"，帮杭州企业搭建招工平台，为剑河百姓联系就业岗位。同时，引入新三板上市企业——浙江新联外包服务股份有限公司，并把劳务招聘会开到乡镇、村寨；开展送岗位上门、送信息到人、送员工入职"三送服务"，帮助剑河群众就业。

"完全没有想到过，有一天我的月收入能达到6000多元。"剑河县岑松镇巫亮村贫困劳动力田如福回想起来，仍觉得像在做梦。受益于东西部劳务协作，2019年，他参加了叉车工培训，培训合格后被安排到杭州中策橡胶集团有限公司就业，如今月收入6000多元。他说："我会好好珍惜这份来之不易的工作，安安心心一直干下去。"

"淳安·剑河"劳务协作模式正是"黔东南有所需、杭州市有所应"的诠释与缩影。

2020年2月20日上午，163名杭州市帮扶黔东南州工作队全体队员乘飞机到黔东南州开展扶贫挂职工作。就在挂职干部下飞机后不久，黔东南州148名务工人员就搭乘这架飞机去往杭州，其中建档立卡贫困户43人。这是新冠肺炎疫情期间，杭州首趟黔东南务工人员返工免费包机。扶贫力量和脱贫希望，在这趟特殊的航班上完成"接力"。

同日抵达杭州的，还有首趟黔东南州返杭复工人员免费专列，乘坐这趟列车的共1102人，其中建档立卡贫困户310人。

"一人就业、全家脱贫"，增加就业是最有效最直接的脱贫方式。长期坚持还可以有效解决贫困代际传递问题。

随着杭州市与黔东南州深化东西部扶贫协作以来，两地不断强化劳务协作，开出"黔东南所需"和"杭州所能"两张清单，打出劳务协作"组合拳"，构筑就业高地，培养持续增收技能、增强脱贫攻坚底色。

围绕实现"一人就业、全家脱贫"目标，杭州市、黔东南州坚持就近就业与劳务输出同步推进，强化政策机制保障，发挥政府和市场"两只手"的作用，坚持以高度组织化推动东西部劳务协作，探索出"政府＋企业＋经纪人＋打工者"的新模式，有效解决了劳务协作平台单一、渠道偏窄、实质性突破较难的问题。

州内州外结合，劳务协作组织化

杭州市、黔东南州分别出台东西部劳务协作就业扶持政策，组织开展劳务培训，在杭州设立劳务工作站，强化就业服务保障。在杭州市的大力支持下，黔东南州在杭建立"1＋16"劳务协作工作站，抽调22名干部分驻杭州市各县（市、区）驻站服务，工作中陆续聘请18名在杭黔东南籍劳务人员为兼职副站长，15名企业劳务输出联络员协助服务，形成了"总站＋分站＋企业＋联络员"的劳务协作工作体系。

工作站建立运行以来，着力推进有组织、有计划、有平台、有机制、有保障"五有"标准化建设，为黔东南州赴杭务工人员特别是建档立卡贫困劳动力提供就业信息、创业指导、技能培训、权益维护和政策咨询等"一条龙"精准服务，努力推动东西部劳务协作变无序为有序、变无保障为有保障、变不可持续为可持续，构建起岗位开发、就业招聘、技能培训、智力帮扶和权益维护的"五位一体"合作机制。工作站累计组织输出2.76万名贫困劳动力到东部结对省份就业，其中1.53万名在浙江稳定就业。

同时，通过浙籍企业、帮扶项目、扶贫车间（工厂）、公益性岗位开发和创业工坊"五位一体"的就近就业体系，建成扶贫车间（工厂）110家，开发公益性岗位11384个，实现贫困人口就近就业2.67万人。

2019年10月10日，从江县22名劳动力（其中贫困劳动力17名）在从江县驻杭州市萧山区劳务联络站工作人员全程护送下，乘坐飞机前往杭州务工。

自从江县和杭州市萧山区建立劳务协作关系以来，充分发挥驻萧山联络站作用，根据建档立卡贫困劳动力务工、生活需求，与浙江银河食品有限公司、浙江蓝达工艺制品有限公司等用工需求量较大、工作和生活环境较好、工资福利待遇高的萧山企业合作，建立了10个从江县劳务输出就业基地，还通过加大招聘宣传，增强吸引力，以点带面引领其他企业招用从江务工人员。同时，在落实州、县劳务就业补贴政策的基础上，对新增赴杭州地区务工稳岗达3个月的，再给予每人一次性杭州务工稳岗补贴1500元，鼓励和激发农村劳动力赴杭务工，实现就业增收稳定脱贫。2018年至2020年上半年，黔东南州已输送2837名贫困劳动力到杭州务工，其中到萧山务工的贫困人口673人。

政府一边"牵线"组织劳动力"走出去"，一边"搭桥"将浙籍企业"请进来"。

在位于三穗经济开发区的贵州恒铝科技发展有限公司的生产车间里，48岁的曹国明在工厂喷涂生产线上熟练地操作着。

曹国明是该企业复工复产后招入的首批员工，短短3个月，他就因为踏实肯干当上了喷涂线组长。"没想到家门口就有这么好的工作，我现在一个月能挣4000多元，今后更要好好干。"曹国明高兴地说。

贵州恒铝科技发展有限公司是三穗县借力东西部扶贫协作大平台，也是在杭州市江干区帮助下引进的第一家主板上市企业，两期总投资超2.5亿元。项目一期投入生产后，吸纳287名工人就业，其中建档立卡贫困户

58人，同时，还通过东西部扶贫协作帮扶项目利益联结贫困人口5205人。越来越多像曹国明一样的困难群众，因为浙商企业的引入走上稳定脱贫奔富路。

"我们夫妻俩一个月收入接近1万元，比我们以前去外面打工还要强，家里老人和两个孩子也都照顾到了。"三穗县八弓镇木界村贫困户杨政云说。夫妻俩都在恒铝公司上班，已摆脱了贫困生活，日子越过越红火。

杭州市江干区与三穗县积极开展劳务协作，拓展产业帮扶，帮助引入3家浙商企业投资建设2个浙商工厂和1个浙商超市，2020年上半年吸纳了252名建档立卡贫困户就近就业。

培训、培养结合，劳动技能专业化

在两地开展劳务协作过程中，一个不容忽视的问题逐渐显现，贫困劳动力就业技能水平普遍偏低，而以往开展的就业培训内容与用工需求不匹配，造成了劳务输出成功率低。

针对这一情况，两地人力社保部门协商研究后，通过企业内部用工需求调研和劳动力培训意愿摸底，开设以精准就业为导向的"订单式"培训班。主要做法包括：一是定岗招生。根据杭州企业用工需求，针对有较高技术要求及较好薪资待遇的岗位，开设专门的培训班，发动黔东南州贫困户的子女报名参与。二是定点培训。由专业培训机构和专业师资参与授课，用工企业根据实际情况提供就业实习岗位或实操基地训练。三是定向就业。以培育现代产业工人和职业农民为目的，着力转变就业观念，提高专业技能，开展"吉利成蝶班""宇视启航班""现代学徒班"等订单式培训，实现定向就业。培训结束后进行统一考核，考核通过则由企业吸收就业。相关培训经费、食宿、车费等由政府和企业共同承担，培训学生不承担任何费用。同时，以彻底阻断贫困代际传递为目的，加大黔东南州职业教育投入，通过"1.5＋1.5""0＋3"等模式，累计组织549名贫困学生到杭州市各类职业技术学校就读。

杭黔职教班、滨江·丹寨"锦程扬帆班"、建德·岑巩"现代学徒制订单班"等一批专门培训班应运而生。

杭黔职教班是指杭州市与黔东南州开展职业教育学校的校校合作项目，完善职业教育帮扶机制。根据当地学生就业趋势和市场需求，确定了汽车修理、机床加工、幼儿教师培养、酒店服务与管理、旅行社从业培训、厨师培训等专业，接受黔东南州贫困学生赴杭就读。在具体操作上，杭州汽车高级技工学校通过"1.5＋1.5""0＋3"等模式累计招收黔东南州建档立卡贫困户学生140多名，在杭其他职业学校通过"2＋1"模式招收贫困学生100多名。2018年至2020年上半年，黔东南州累计输送345名学生前往杭州就读于中职学校或到杭州企事业单位顶岗实训，极大地提升了学生的职业技能和就业竞争力。2019年12月，黔东南州从江县潘丈甩同学在杭州汽车高级技工学校就读一学期后，获2019年全国机械行业职业教育技能大赛3D打印与应用项目二等奖。

滨江·丹寨"锦程扬帆班"是杭州市滨江区和丹寨县充分发挥资源优势，精准对接就业市场，先后举办"锦程启航班"和"锦程扬帆班"，为丹寨县贫困青年提供专业的免费技能培训。"锦程启航班"和"锦程扬帆班"共招收34名丹寨籍建档立卡贫困青年采用全托管培训模式，不仅解决了学员们吃住行的后顾之忧，而且通过提升知识储备、职业素养和专业技能，提高了他们的职业认同感和职业收入。如2019期学员魏登华表现优异，已在杭州稳定就业。此外，还全力推动"宇视实训班"发展，强化校企合作订单式培养，截至2020年上半年，已有72名学员（其中贫困学员46人）在浙江宇视科技公司正式上岗。

建德·岑巩"现代学徒制订单班"是岑巩县和建德市围绕培养高中

端技术人才，联合开展的"招生＋教学＋就业"订单培训班。创新采取"1034"模式共建精准扶贫"现代学徒制订单班"，即由建德市10家规模较大、效益较好的企业出资，面向岑巩县贫困家庭的初中毕业生，通过国家级重点技工学校建德市工业技校定向培养3年，毕业后安排在签约企业工作，最低工资每月不低于4000元。学生在校期间每学期3000元的学费由建德市工业技术学校承担，10家企业为定向培养的学生每人每月提供800元生活费和100元零用钱，每年为学生报销两次往返路费。

就业创业结合，创新创业大众化

在劳动就业规模化基础上，杭州市和黔东南州在劳务协作中着力扶持一批有志向、有能力的创业者，形成一批致富带头人。仪式瞄准"人回乡、钱回流、企回迁"的"雁归经济"效应，实施"雁归兴黔"计划，鼓励外出能人返乡创业，并提供资金扶持。二是嫁接浙商创业基因，依托行业龙头企业输出管理、技术、设备、订单，以及东西部资金扶持，帮助当地群众创办一批扶贫工厂或种植养殖基地。累计开展农村致富带头人培训3446人次，成功帮助821名致富带头人返乡创业、开办扶贫工厂（扶贫车间），带动9765名贫困人口就近就业或利益联结增收。

天柱县依托产业合作项目，将杭州"双创"基因、创富动力嫁接到天柱，着力在服装、林下养鸡等领域培育一批本土创业者。天柱通过与杭州市余杭区的服装产业合作项目，借力上市公司华鼎集团的创业团队培训和技术、订单、设备支持，辅以本地政府的配套服务保障，为本地服装创业者提供了"拎包创业"条件，成功培育4家本地人创办的服装扶贫工厂，截至2020年上半年已吸纳就业150余人。畜禽全产业链项目通过积极推广"公司＋合作社＋农户"模式认领"美丽牧场"，通过龙头公司指导建棚、实战培训、跟踪服务带动农户开展养殖，培育养殖致富能手。截至2020年上半年，已实施带动养殖项目4个，新建童子鸡养殖鸡舍19栋，年出栏量达到150万羽以上，为养殖户创收近200万元。

黎平青江农业开发有限公司，是一家由当地人创办的专业从事天麻零代种生产、商品天麻种植生产加工销售及天麻种植技术服务的产业链型中药材企业。2019年，由黎平县中药材产业发展办公室与黎平青江农业开发有限公司合作实施黎平县林下天麻育种种植加工项目，投入东西部扶贫协作资金800万元，建设天麻加工厂房、实施零代种和商品麻种植等。该项目的实施，有效解决了黎平青江农业开发有限公司资金短缺、加工设备更新换代的问题，切实提高了企业经济效益和社会效益，有效延长了天麻产品产业链，提高了天麻产品附加值，推动了黎平县天麻产业发展。

组团帮扶：齐心共绘"同心圆"

山海相连，心手相牵。自2018年杭州市与黔东南州深化东西部扶贫协作以来，两地互动越来越频繁，联系越来越密切，人心民意齐向脱贫攻坚聚焦，社会力量同往脱贫攻坚发力，画出决战脱贫攻坚、决胜同步小康的最大"同心圆"。

在东西部扶贫协作中，杭州市坚持扶贫与扶志、扶智相结合，政府与社会参与相结合，整体与重点突破相结合，广泛动员杭州市社会各界力量积极参与黔东南州脱贫攻坚进程，通过资金、项目、人才、技术、经验等帮扶资源的持续输出，构筑了全方位扶贫协作格局，同时为长远发展储备了动能。

杭州市在帮扶模式上创新，聚焦"三组"，变单兵为组团，持续打出民生链"组合拳"。

推进教育"组团式"帮扶

教育是阻止贫困代际传递的有效办法,更是扶贫开发的根本大计。

治贫先治愚,扶贫先扶智。"组团式"教育对口帮扶模式是由对口支援省(区、市)及省内有关部门单位根据贫困县教育帮扶需求,组团选派支教团队和培训指导团队,由选派引进的优秀校长引领,汇聚各方力量,按需帮扶,协同用力,专门针对一个贫困县或一所薄弱学校实施管理输入、示范引领和培训指导,进行"重塑性""植入式"帮扶的一种教育帮扶模式。

台江县唯一的公办高中——台江民族中学,曾经每年都有许多学生由于各种原因辍学,全校仅有100余人能上二本线。

2016年,已是花甲之年的杭州学军中学原校长陈立群,在退休之际,婉拒了杭州市多家民办学校抛来的"橄榄枝",放弃了百万年薪的聘请,重整行装再出发,到台江县民族中学任校长。短时间内,台江县民族中学和整个台江县的教育工作面貌发生了翻天覆地的变化。

台江县民族中学本科上线率从2017年的29.82%上升到2018年的50.63%,户籍地学生高考每万人口本科上线率位列全州第一,突破了近十年来台江县考生没有600分的瓶颈。2019年,全校885名学生参加高考,其中561人考取了本科,本科目标完成率达到了183%,其中上一本线的学生人数第一次超过100人。

"所有的帮扶总是暂时的,所有的支教总是要结束的,关键在于增强贫困地区教育可持续发展的'造血'功能。"除了管好一所学校,陈立群还注重培养当地的"造血"功能。如今,陈立群的足迹已遍布黔东南州16个县、市,以及州外的其他一些县、市,累计义务作报告、开讲座60余场,接受培训的校长、教师已超过1万人次。2019年,陈立群被授予"时代楷模"荣誉称号。

从杭州市组团对台江县进行教育对口帮扶以来，在引进杭州优秀教育管理人才的基础上，全面推进人才、项目、资金绑定化的"组团式"帮扶，大幅提升了当地群众对教育的信任指数和满意度。

台江县的中考录取分数线连年上涨，是黔东南州近4年录取分数上升最快的县份，2019年的录取分数线比2016年高141分，上涨幅度超过凯里市。2018年，台江全县中考排名前100的学生有95位选择在本地学校就读，2019年，这一数字上升到99位。在第三届中华职业教育创新创业全国总决赛上，台江县中等职业学校的"点睛苗绣"项目获得铜奖——这是该校建校33年以来获得的第一个国家级大赛奖项。

一个个奇迹的出现都是"组团式"教育帮扶酿造的甜蜜"果实"。

教育、教学面貌焕然一新的从江县第一民族中学，也是"组团式"教育帮扶的典型代表。

先后执教于杭州十四中、浙江大学附中、杭州学军中学等重点学校的刘诚平，在东西部扶贫协作牵线搭桥下，放弃了舒适的退休生活，带着教书育人的初心，于2019年3月赴从江一中支教，并任校长一职。随他一起来的，还有7名教师。

"从江一中约1/3的学生来自贫困家庭，大多数学生长期留守，学习能力较弱。对贫困地区而言，扶智显得尤为重要。"刘诚平说。到任后，当地政府对教育的重视以及学生对知识的渴望、对外界的憧憬，增添了他的信心。

围绕如何将东部的教学理念、教学方式嫁接到西部，杭州市东西部扶贫协作帮扶教师团队花了不少心思。

举办首届数学竞赛，在学生基础普遍薄弱的情况下树立学习榜样；出资为全校学生订阅《语文报》，以提升文学素养；新冠肺炎疫情期间，"门对门"住的帮扶教师和学生抓紧每分每秒"抢回失去的时间"；学校组建9个学科工作室、4个县级名师工作室和1个名班主任工作室，带动教师发展……

与此同时，刘诚平还联合杭州市萧山区6名优秀高中教师打造"萧从励志班"教学品牌，建立萧从教育基金和"绿满萧从"助学基金。

不到一年的时间里，从江一中的教学质量就得到显著提升。2019年12月的学业水平考试中，所有学科考试平均优良（A等、B等）率为68.11%，超过贵州省示范性高中优良（A等、B等）率必须达到65%的要求，较前几届有大幅提升。

另一个现象更为喜人：从江往年中考前50名的学生往往选择到凯里等地就读。2020年，优质生源外流势头逆转，从江一中招到更多优质新生。

现在，教育"组团式"帮扶已扩展至全州16个县、市的19所学校，在黔东南长期支教的杭州教师达百余人。"组团式"教育帮扶已经成为杭黔东西部扶贫协作的成功经验，得到了中央领导和贵州省、浙江省主要领导的充分肯定，并在贵州全省推广。

推进医疗"组团式"帮扶

在脱贫攻坚当中，有一块难啃的"硬骨头"，就是因病返贫、因病致贫。在东西部扶贫协作中，杭州市持续推进医疗"组团式"帮扶，破解因病致贫、因病返贫问题。

多年来，由于经济、人才等多重因素制约，台江县医疗事业发展缓慢，以致不少基层群众因病致贫、因病返贫。2016年以前，台江县人民医院医护人员缺乏、技术水平薄弱、管理能力不足，群众患病只能选择到州级医院或贵阳的医院就医。

为帮扶台江，浙江大学医学院附属第二医院（以下简称"浙大二院"）、杭州市余杭区累计派出60余名医疗专家轮流到台江县帮扶，并捐赠核磁共振、超声刀、高清腔镜等医疗设备及系统设施，总价值超2200万元。

通过"组团式"医疗帮扶，从2016年下半年开始，台江县人民医院新建成立了远程会诊、泌尿外科、磁共振室等33个重点学科，搭建了EICU远程平台和数字病理远程共享平台，开通了PICC置管维护门诊等，制定和修订制度、流程50余项，开展新技术31项。3年多来，台江人民医院门诊量增长156%，住院人数增长43%，手术人次增长157%，转诊率下降59%（目前是4.6%），顺利通过二甲医院复审。在全国三级医院对口帮扶贫困县县级医院工作专项督导检查中位列第一，浙大二院帮扶团队被中央文明办、国家卫健委授予"健康扶贫团队"称号，台江县人民医院院长汪四花院长被授予"全国脱贫攻坚贡献奖"。

台江医疗"组团式"帮扶模式已在黔东南州得到推广。通过杭州市卫健系统的帮助，两地在重点学科建设、医疗技术引进、医务人员互派、远程医疗会诊等多领域加强交流合作，黔东南州在医疗管理、医疗技术、临床科研等方面的整体水平得到提升。医疗"组团式"帮扶已在全州推广扩展至13家医院。

在杭州市临安区人民医院"组团式"帮扶下，施秉县人民医院实现了重症医学科、新生儿科从无到有。从2016年8月至2020年上半年，临安区人民医院先后安排24名专家赴施秉县人民医院开展为期一个月以上的帮扶工作，专家挂职施秉县人民医院副院长，每年安排40余名专家赴施秉开诊大型义诊，并赠送了价值130万元的仪器设备。2017年和2018年，临安区又按照施秉县人民医院发展需求，帮助新建康复科、感染科，提升建设检验科；选派医生到临安区人民医院进修，免费提供食宿，并给予进修人员每月800元的生活补贴。医疗能力转化为疗效和效益，帮扶以来施秉县人民医院门诊人次和住院人次大幅度增长。

为持续推进教育医疗"组团式"帮扶，杭州市启动实施"银龄计划"，选派10名退休名医、名师到黔东南州担任医院院长、学校校长。

2019年，杭州向黔东南州选派526名教师、医生等专业技术人才。积极开展学校医院结对，杭州市538所学校和174家医疗卫生机构结对帮扶黔东南州845所学校、241家医院（卫生院），实现15个贫困县的乡镇卫生院及中小学结对全覆盖。

创造性开展社会"组团式"帮扶

社会帮扶是东西部扶贫协作的重要力量，在东西部扶贫协作中，杭州市与黔东南州持续有效对接需求和资源，促进脱贫攻坚和精准救助帮扶有力有序有效推进。

按照"政府主导、部门联动、企业帮扶、社会参与"的方针，通过积极引导动员社会各方力量，大力开展"携手奔小康"活动，3年来累计募集社会帮扶资金达5.3亿元。

2018年，杭州市桐庐县帮扶工作组深入黔东南州榕江县调研，邀请桐庐优秀设计团队免费设计民居改造图纸，制作《东西部扶贫协作"人畜混居"改造成效手本》。同时，举办"人畜混居"房屋改造认领会，发动辖区企业认领"人畜混居"户，开展"我为榕江住一夜"爱心公益活动等，共帮助榕江筹集"人畜混居"改造资金900多万元。在社会力量助力下，彻底改变了当地贫困群众千百年来的"人畜混居"现象。

同年，杭州市江干区组织10余家国企、民企，结对帮扶三穗县25个脱贫出列难度较大的深度贫困村，累计投入东西部扶贫协作资金630万元，有效改善深度贫困村落后面貌，有力推动东西部扶贫协作获实效、出成果。

把结对帮扶对象精准下沉到县、乡、村，把帮扶力量、帮扶资金、帮扶项目向贫困村、贫困群众倾斜，扶到点上、扶到根上，彰显真情实意，体现真帮实扶，取得明显效果。

2018年4月,杭州市下城区帮扶工作组组长周国江刚到黎平县,就立即深入乡村蹲点调研。他牵头启动实施"山凤凰"关爱女生计划,第一批16.7万元助学金送到了7个村29名女生手中,圆偏远地区女生的教育梦,让山窝里飞出"金凤凰"。

2019年高考放榜后,获得资助的女孩吴新美成了黎平县雷洞乡第一个瑶族女大学生。开学离家前,她给千里之外的时任浙江省委书记车俊写了一封信,满怀深情地感谢对口帮扶黎平县的杭州市帮扶黔东南州工作队下城帮扶工作组,让她这个山区女孩感受到读书带来的充实和自豪。

传化集团捐赠2000万元,建设了雷山县、从江县深度贫困村160多个"传化·安心卫生室"。

杭州市余杭区支教教师发起成立"苗岭民间助学会",筹集600多万元,用以解决5000多名台江县贫困学生及其家庭的实际困难。

杭州市总工会发起"春风行动",筹集资金600万元,用以资助2000名黔东南州贫困学生。

一桩桩、一件件不计回报、真情实意的帮扶,如涓涓溪流般滋润了黔东南州人民的心田,凝聚了打赢脱贫攻坚战的磅礴力量,也将两地民心连得更紧、感情连得更亲。

两地已建立县、乡、村三级结对机制,301家企业与黔东南州673个村(社区)、102家社会组织结对,聘任61名民营企业家担任贫困村"名誉村长",实现全州1038个深度贫困村结对全覆盖。通过结对共建开展脱贫攻坚、携手同步小康,形成了党政机关、企事业单位、民营企业、社会组织、市民群众广泛动员、热情参与东西部扶贫协作的感人局面。

2019年8月12日,杭州市—黔东南州东西部扶贫协作联席会议在杭州召开。中共浙江省委常委、杭州市委书记周江勇在会上说:"要聚力民生、持续提升黔东南州群众获得感,坚持黔东南州有所需、杭州市有所应,紧盯'两不愁三保障',不断推动民生改善。"

黔东南州委书记桑维亮在会上回应："希望两地着力推动民生事业'办实办好',深化医疗教育'组团式'帮扶,强化专业技术人才交流互动,促进两地东西部扶贫协作取得更多更实成效。"

（文／陈丹）

东西部扶贫协作杭黔十二模式包括:"筑巢引凤""招补短板""捆绑发展""以短养长""东桑西移""品牌赋能""能人创业""三业联动""'小二'招工""订单培训""组团帮扶""精准扶助"。

产业项目

杭黔十二模式谱新篇

在杭黔两地党委、政府的坚强领导下，杭州市帮扶黔东南州工作队深入学习贯彻习近平总书记关于扶贫工作重要论述和对东西部扶贫协作重要指示精神，对照浙江、贵州两省协议和两地党委政府各项决策部署，牢记使命、聚焦精准、突出重点、协同创新、争先创优，全力推进东西部扶贫协作各项任务超额完成。自2013年以来，杭州市在对口帮扶上倾注了真情实意，拿出了真策实招，投入了真金白银，狠抓各项工作落实，创新东西部扶贫协作杭黔十二模式，实现了由"输血式"帮扶向增强黔东南州自我发展能力的"造血式"帮扶转变，为黔东南州经济社会发展和脱贫攻坚进程作出了巨大贡献。

东西部扶贫协作杭黔十二模式包括："筑巢引凤""招补短板""捆绑发展""以短养长""东桑西移""品牌赋能""能人创业""三业联动""'小二'招工""订单培训""组团帮扶""精准扶助"。

筑巢引凤

发展产业是实现脱贫的根本之策，中央提出东西部扶贫协作的目的之一就是加强区域合作、优化产业布局、拓展对内对外开放新空间。杭黔协作着眼杭州产业优势和传统产业梯度转移趋势，充分对接两地资源及需求，开展精准招商，推进东部企业到黔东南布局落子、投资兴业。一是加大招引力度。出台支持杭州企业来黔东南州投资发展的激励措施28条，举办"助推脱贫攻坚浙商在黔行动""黔东南州扶贫协作产业招商引资推介会"等多场招商推介活动。二是建设配套设施。针对当地财力有限，政策兑现难、企业落地难的实际，投入帮扶资金用于建设标准厂房、产业路等配套设施，同时利益分红量化给贫困户。三是优化营商环境。针对项目成立工作专班，提供"店小二"式服务，开辟东西部协作项目绿色审批通道，经常性上门服务，召开专题协调会议解决企业实际难题等。

招补短板

在养殖生产、精深加工、培育品牌、市场营销等产业链条中，产品精深加工不足是制约黔东南州种养业发展的最大短板，导致全州产业层次较低，加工转化不足，大量中药材、茶叶等以原料或粗制品形式销往外地，产品附加值不高。对此，杭黔东西部协作通过多种形式加快补齐这一短板。一是辅导一批。针对因生产环节因素导致的产品大小不一、品质不佳等，通过派遣专业技术人员指导，改良品种，开展种养殖、采摘培训，分类筛选等，提高原料标准化程度，进行更好地加工细分。二是提升一批。对于已有市场主体且具有一定竞争能力的加工行业，通过投入东西部资金帮扶进行技术改造、设备更新及扩大规模，提升加工能力。三是引进一批。针对市场空白或实力不足而又迫切需要的配套加工业，积极引进东部农产品加工龙头企业，在布局及设计时要求辐射全州，带动全州产业发展。

捆绑发展

黔东南州生态环境优越，经济结构中一产占比较大，但是由于缺乏龙头企业，农业产业普遍"小、散、低"，在品种、科技、管护、市场等各方面存在较大短板。为不断提高农业组织化程度和科技支撑，杭黔东西部协作大力推广"公司＋合作社＋农户"发展模式，加大农业龙头企业的培育和引进力度。一是风险共担、优先受益。要求龙头企业必须要有一定比例资本金投入，共担产业风险，防止出现"卖苗"现象。同时东西部资金享受优先分红权益，确保企业履约重诺保证贫困户利益。二是调整结构、做大规模。调整种植结构，引入食用菌、西红花、芳樟、草莓等高附加值品种，以及现代农业种养殖方式和管理模式，提高亩产效益。针对前期效益明显的项目，接续投入，扩大规模。三是企业包销、多重受益。对基地产出的农产品，全部由龙头企业实行保底价收购，并以销定产。同时要求企业招收一定比例的贫困户，使贫困户享受土地流转、股金分红、劳务用工等多重收益。

以短养长

开展脱贫攻坚工作，要处理好短期效果与长期发展的关系，既要让贫困群众看得见、摸得着，有实实在在的获得感，也要谋划长远，注重"造血"，实现永续发展。工作队干部通过深入有关部门、乡镇、基地调研，与农业专家、产业专班、种植户进行座谈，借助农业科技力量，探索出多种农业套种模式，成效特别显著。一是"以短养长"，解决脱贫"燃眉之急"。在布局一些黔东南有优势但是收益期长的项目时，适当配套部分周期短、投资小、见效快的种植项目，可以尽快让贫困群众享受到扶贫的实惠，如期打赢脱贫攻坚战。二是各取所需，实现作物"共生共荣"。根据作物生长特性及对土壤中不同元素的需求，很多作物可以很好地共生，不仅可以减少遮阳设施投入，还能充分吸收肥料中养分。三是集约资源，提高种植"亩产效益"。黔东南州"九山半水半分田"，土地流转费用较高，通过套种方式，可以巧妙破解产业用地紧缺的问题，节约利用土地资源，提高土地利用率和附加值。

东桑西移

贵州省委大力提倡农村产业革命，推进产业结构调整。东西部协作立足黔东南实际，借鉴东部已有经验、技术，先后引进蚕桑、西红花、大闸蟹、甲鱼等种养殖品种，强化油茶、山核桃、楠竹等技术培改，真正将黔东南州的自然优势转化为产业优势、将生态优势转化为经济效益、将"绿水青山"转化为"金山银山"。一是借势。趁着贵州省委十二届五次全会和深化农业产业结构调整"一减四增"东风，引入现代农业产业模式，强化土地流转，推进农业集约化发展。二是借力。在加大东西部协作资金投入农业产业比例的同时，引导东部农业龙头企业向西部转移，拓展珠三角及西南市场。三是借智。借助东部农业科技实力强优势，加大技术引入和人才交流，杭州农科院、亚林所、浙江农林大学等多所农业科研机构专家前来指导。

品牌赋能

黔东南州不缺好的产品，有许多极具地方特色的农产品、手工艺品，但其商业化基础薄弱，缺乏直达市场的通路，地方传统企业和传统手工艺人在直面成熟的商业化运作体系时难以打开产品销路，品牌知名度不高。杭黔东西部协作坚持坚持政府引导、社会参与、市场运作，强化产销对接，塑造品牌形象，不断拓宽"黔货出山""黔货入杭"通道。一是打造品牌。借鉴浙江省区域公用品牌打造的先进经验，推行"公共品牌＋企业品牌"的品牌推广模式，统一打响覆盖各类产品的区域性公共产品品牌"苗侗山珍"。二是产品设计。强化三品一标认证和IP形象规范，引入网易严选、妈妈制造、王的手创等专业团队，在产品开发、包装设计、故事推销等方面进行重塑，提高黔东南州产业吸引力。三是持续推销。构筑"1＋13＋16＋N"的"黔货入杭"体系，积极组织黔东南州企业参加浙江农博会、杭州市迎新春大联展、杭州国际茶博会等各类会展。推进实施单位购销、结对助销、企业带销、活动展销、商超直销、电商营销、基地订销、旅游促销、劳务帮销、宣传推销等"十大"消费扶贫行动。

能人创业

一个地区产业要发展，关键要有一批创业致富带头人，发挥好引领示范作用。扶贫扶志，首先就要扶一批有志向、有能力的本地创业者，逐步营造创业创新氛围。为积极响应国家"大众创新、万众创业"号召，杭黔东西部协作大力扶持本地能人创业。一是实施"雁归兴黔"计划。瞄准"人回乡、钱回流、企回迁"的"雁归经济"效应，摸排建立本地人才信息库，利用春节的假期上门开展工作，鼓励人才返乡创业，并提供必要资金扶持。二是嫁接浙商创业基因。依托行业龙头企业输出管理、技术、设备、订单以及东西部资金扶持，帮扶本地人创办一批扶贫工厂或种养殖基地，降低创业成本，提高创业成功率。三是实施电商扶贫攻坚行动。开展农村电商培训，共建黔东南州电子商务公共服务中心。发挥杭州作为"中国电子商务之都"的优势，帮助引进阿里巴巴集团、甲骨文、天演维真、四喜科技、安厨电商、万色城等知名电商企业。

三业联动

易地扶贫搬迁是贫困群众"拔穷根"的重要途径，根据省、州部署，黔东南州已有23.31万余人搬离"穷窝"。为确保易地搬迁群众"搬得出、稳得住、能致富"，东西部协作机制持续帮完善易地扶贫搬迁安置点公共服务体系建设，打造产业、就业和社会事业"高地"，形成"三业联动"、百姓安居乐业的良好局面。一是强化产业覆盖和扶贫车间投入。整个帮扶资金的80%投入产业发展，围绕易搬点布局扶贫工厂（车间），完善产业配套，形成集聚效应。二是持续推进"五位一体"就近就业体系。强化贫困劳动力就业技能培训，持续推进浙籍企业、帮扶项目、扶贫车间（工厂）、公益性岗位开发和创业工坊"五位一体"的就近就业体系建设，推进家门口就业。三是完善安置点教育、医疗配套设施。两年来，在易搬点建设小学、幼儿园14所，配套新建改建社区卫生室9个，投入帮扶资金8740万元。投入资金8000余万元，加强专业技术人才支撑，开展学校医院结对共建，提升教学、医学质量，提升群众归属感、获得感、幸福感。

"小二"招工

发挥政府和市场"两只手"作用，坚持以高度组织化推动东西部劳务协作，探索"政府＋企业＋经纪人＋打工者"的新模式，有效解决劳务协作平台单一、渠道偏窄、实质性突破较难的问题。一是强化就业扶持。杭州市、黔东南州分别出台东西部劳务协作就业扶持政策，组织开展劳务培训，在杭设立劳务工作站强化就业服务保障。二是市场化招工。引入专业劳务经纪公司，精准岗位对接，提供点对点全程服务。深入摸排劳动力就业信息，加大宣传发动，使"要打工、到杭州"深入人心。三是设立劳务输出基地。针对黔东南州务工人员的特点，有针对性地开拓就业市场，设立劳务用工基地，增强企业荣誉感和社会责任感。

订单培训

黔东南州贫困劳动力就业技能水平普遍偏低，而以往人社部门开展的就业培训内容与用工需求不匹配，造成了劳务输出成功率低。针对这种情况，两地人社保部门协商研究后，通过企业内部用工需求调研和劳动力培训意愿摸底，开设以精准就业为导向的"订单式"培训班。一是定岗招生。根据杭州企业用工需求，针对有较高技术要求及较好薪资待遇的岗位，开设专门培训班，发动黔东南州贫困户子女报名参与。二是定点培训。由专业培训机构和专业师资参与授课，用工企业根据实际情况提供就业实习岗位或实操基地训练。三是定向就业。培训结束进行统一考核，考核通过则由企业吸收就业。相关培训经费、食宿、车费等由政府和企业共同承担，受培训学生不承担任何费用。

组团帮扶

开展教育医疗"组团式"帮扶，是杭州、黔东南州两地贯彻落实中央部署要求、纵深推进东西部扶贫协作的重大创新，通过统筹整合帮扶资源，精准有效补齐当地教育医疗短板，为黔东南培养一支高水平的基层教育医疗人才队伍，整体提升了一批学校医院的教学和医疗水平。一是找准定位。通过"组团式"帮扶，着力实现培养优秀人才、改善设施设备、建立重点学科、完善工作制度、更新工作理念、构建先进文化的目标，从而对本地学校、医院进行全方位、多层次、系统性的重塑。二是精准结对。推动建立结对帮扶关系，针对教育医疗存在的短板和需求明确帮扶责任和具体措施，形成一对一、多对一的结对帮扶格局。三是辐射带动。优先选择县级学校（医院）等辐射带动能力强的学校（医院）作为帮扶重点，集中力量、集聚资源、集合要素，示范带动其他学校（医院）教育医疗水平全面提升。

精准扶助

社会帮扶是东西部扶贫协作的重要力量，如何让社会帮扶资金用得精准、让慈善爱心捐得明白、贫困百姓有获得感是杭黔东西部协作的重要课题。两年来，工作队持续需求与资源的有效对接，促进脱贫攻坚和精准救助帮扶有力有序有效推进。一是广泛宣传动员。通过在杭新闻媒体介绍发布扶贫项目需求，并通过网站、微信公众号等途径，加大活动宣传推介力度，展示社会组织参与扶贫工作风采和积极作用，激发社会组织的参与热情。二是用好帮扶资金。优化设计帮扶项目，明确受益对象，精准开展"温暖之家""贫困助学""圆梦课桌""敬老院改善""爱在黔方""彩虹盒子"等各类助残助老助困助学助医等慈善爱心活动。三是立足持续发展。改进简单发钱发物方式，授之以渔，通过设立公益基金、开发公益性岗位等，增强贫困群众内生动力，实现"造血式"扶贫救助。

（文／邹冉）

风自东方来

黔东南州锦屏县三江镇菜园村便团林场铁皮石斛种植示范基地里，生长在一棵棵杉木上的铁皮石斛，开出朵朵绚烂的花。

雷公山腹地的雷山县，连绵成片的茶园里，灵巧的指尖在芽丛中上下飞舞，勾勒出夏日采茶的热闹图景。

丹寨县兴仁镇烧茶村吊瓜基地里，绿油油的吊瓜藤蔓长势喜人。

2020年的夏天，各个产业铺满黔东南州的山山水水。

"再过两个月就能收了。借了东西部扶贫协作的'东风'，今年是吊瓜进入丰产期的第一年，预计能创收250万元以上。"看着欣欣向荣的基地，丹寨县兴仁镇烧茶村村支书杨秀贤十分欣喜。

东西部结对牵手，共战贫困。特别是2018年以来，杭州市和黔东南州按照国家深化东西部扶贫协作助推脱贫攻坚的总体部署要求，全力推进东西部扶贫协作工作。

产业扶贫是帮助贫困群众甩掉"穷帽子"、拔去"穷根子"的根本路径，是精准扶贫的关键所在。

立足"黔东南所需、杭州所能"。2018年，根据黔东南州"一减四增"产业结构调整，按照"一县一业"的发展产业布局，结合山地农业发展特点，重点培育食用菌种植项目32个、中药材种植项目12个、精品水果种植项目18个、畜禽养殖项目64个，建设特色农产品基地66个，种植面积28302亩，养殖畜禽46万余头（羽），有效促进了黔东南农业产业结构调整，推动传统农业向生态高效农业转变。

2019年，以农村产业革命为突破口，瞄准坝区、林区、园区发动攻势。在坝区推广种植蔬菜、食用菌、鲜花、精品水果等，在林区推动铁皮石斛、白芨、林下鸡等种养殖。全年建成特色农产品基地72个，农林种植面积3.58万亩，养殖黑毛猪、肉牛、小香鸡等畜禽365万余头（羽）。

在注入东西部扶贫协作资金的同时，杭州市还发挥自身优势，积极举办"助推脱贫攻坚浙商在黔行动""杭州市黔东南州扶贫协作产业招商引资推介会"等招商推介活动，引导企业、资金等向黔东南州流动。

三年来，黔东南州着眼于杭州市新经济优势和传统产能梯度转移趋势，围绕共推企业投资兴业，成功引入华鼎集团、尖峰水泥、华铁科技、联合润农、久晟油茶等167家浙商、杭商企业，新增投资98.03亿元。

围绕共建产业园区平台，以大数据产业开发，共建杭州·凯里协作园，推进剑河食用菌产业园、天柱华鼎服装产业园等产业平台建设，探索园区共建扶贫模式，共建产业园区13个，引导入驻园区企业67家。

助力产销扶贫，杭州市大力发挥电商优势，嫁接农村淘宝、贝店、云集、安厨、网易严选、万色城等网销平台，不断拓宽黔东南州优质特色农产品线上销售渠道，打造了三穗鸭蛋、镇远红桃、麻江蓝莓等一大批"网红"爆品。

一个个产业的落地，为当地村民带来了实实在在的收益，也为黔东南的经济社会发展注入了强劲动力。

（文／余光燕）

上市公司"西南飞"

2019年，来自杭州市江干区的第一家上市企业浙江华铁应急设备科技股份有限公司（以下简称"华铁科技"）落户三穗。

华铁科技，是业内唯一一家上交所主板上市的建筑安全支护设备租赁企业，总资产超50亿元，总部位于杭州市江干区的杭州钱塘智慧城。

"带着顾虑与担忧过来，最后心情舒畅地留下了。"回想起整个落户过程，贵州恒铝科技发展有限公司董事长韦向群打开了话匣子。

"单就厂房的建设，就开了很多次协调会，还有很多次现场办公。公司实现了当年招商、当年建厂、当年竣工。这样的速度给了我一个大大的惊喜。"韦向群说，"从招商到组建到开工，三方（三穗县、杭州市江干区、华铁科技）的合作非常默契。"

时间回到2018年11月，在杭州市江干区、三穗县两地东西部扶贫协作高层互访交流工作的推动下，华铁科技董事长胡丹锋跟随杭州市江干区区长楼建忠来三穗实地考察。在对接交谈中，胡丹峰透露企业未来计划在西南地区布局发展。任中共三穗县委常委、副县长的杭州市江干区挂职干部郑国良得知这个信息后，第一时间与胡丹锋深入洽谈。

"在三穗县考察的时候，我们发现三穗并不是最适合该产业发展的布局点位置。因为我们的体量非常大，而三穗县在该领域上没有任何的链条企业，会导致各项成本都很高。"韦向群说，"当时的担忧，多是出于企业发展的考虑。"

而在三穗县看来，铝合金快拆模板系统作为一种新型的模板系统，在社会上得到了广泛的运用，碧桂园房产、万科地产、恒大地产等各大开发商都在大力推广。据中国模板脚手架协会数据分析，现阶段铝合金模板在整个模板市场占有量仅为18%左右，属于朝阳行业，在未来的五年会进入井喷式爆发阶段。不仅如此，企业的引进，将会为当地提供大量的就业岗位。

于是，三穗县组建招商引资小分队，先后多次带队奔赴1500公里外的华铁科技总部，主动登门、亲自推介、热诚服务。

"我们是对口帮扶城市，对方也非常有诚意，我们能克服的困难尽量克服。而且，从三穗县交通区位来看，能够辐射的范围也很广。"韦向群说。

2019年1月23日，中共三穗县委常委、副县长郑国良代表县人民政府与华铁科技签订了三穗县建筑装备制造项目投资协议。

超常规格、特事特办、现场办公。"三穗县专门成立一个工作推进专班，推动项目进度。短短几个月的时间，就把偌大的厂房建了起来，这个速度和效率确实给了我一个很大惊喜。"韦向群说。不仅如此，三穗县投资促进局还主动上门服务，从协调公交车路线到划定斑马线，服务细致入微。

同时，为推动该项目顺利落地投产和增效扩产，2019年、2020年三穗县主动投入东西部扶贫协作帮扶资金4750万元，共计建设两期130亩、43000余平方米浙商扶贫产业基地标准厂房，并通过利益联结方式，联结全县9个乡镇的5205名建档立卡贫困人口（其中建档立卡贫困残疾人2785名）。

在东西部扶贫协作的大力推动下，通过三穗县和杭州市江干区、华铁科技的共同努力，华铁科技在三穗县投资建设的贵州恒铝科技发展有限公司一期于2019年11月5日正式投产，杭州市江干区的第一家上市企业成功落户黔东南州三穗县。

据了解，华铁科技在三穗县投资的建筑装备制造项目，主要专注于建筑铝合金模板的研发与生产，投资规模达3亿元，项目投产后计划年营业收入1.7亿元，目前已成功带动400余人稳定就业。2020年5月开工的项目二期工程也已建成投用。此外，在该公司的大力推荐下，目前三穗县还从江干区引进了1家下游企业，另外还有2家形成初步投资意向。

以上事例，是杭州市与黔东南州东西部扶贫协作"筑巢引凤"模式的具体体现：针对黔东南州财力有限、政策兑现难、企业落地难的实际，投入东西部扶贫协作资金用于建设标准厂房、产业路等配套，将利益分红量化给贫困户；通过出台《关于支持杭州企业来黔东南投资发展的激励措施（试行）》，举办"助推脱贫攻坚浙商在黔行动""黔东南州扶贫协作产业招商引资推介会"等多场招商推介活动加大招商引资力度；成立工作专班，提供"店小二"式服务，开辟东西部扶贫协作项目绿色审批通道，常态化上门服务，召开专题协调会议解决企业的实际困难等。

三年来，黔东南州着眼于杭州市新经济优势和传统产能梯度转移趋势，围绕共推企业投资兴业，成功引入167家浙商、杭商企业，新增投资额77.98亿元。而东西部扶贫协作"真金白银"的投入，催生了扶贫产业项目在黔东南生根发芽、遍地开花，为地方经济的可持续发展注入更多活力。

（文／余光燕）

雷山茶的新转机

入夏,温润的东南风从杭州西湖吹来,跨越千里,来到黔东南,幻化成雨水滋润了苗侗大地的茶山、药圃……

雷公山腹地的雷山县望丰乡三角田村,雨水浸润过的茶园更显青翠。

2020年6月25日,村民余艳芳和姐妹们正忙着采收夏茶。一垄垄茶树之间,她们灵巧的指尖在芽丛中飞舞,勾勒出夏日采茶的热闹图景。

采完茶,余艳芳和姐妹们将茶青拿到不远处的吉利茶旅文化示范项目基地的茶叶加工厂。在这里,全自动制茶井然有序地进行着。

"185元!这速度比前两天快了一些。"将钱揣入兜里,拿起袋子,余艳芳回家的脚步格外轻快。

"村里建了加工厂,我们采茶的收入也提高了很多。"余艳芳说,"采茶从2月开始,可以采到8月,采完茶还可以到加工厂去打包茶叶。一年到头有活干,还可以看护自家的茶园和干农活。"

2019年,余艳芳家的3亩茶园采摘的茶叶交给加工厂,获得了2万元的收入。2020年,她和丈夫商量决定放弃外出务工,留下来发展产业,照顾家中老小,又新种了2亩茶。

"有加工厂在这里,我们的收入就稳了。今年家里翻新了一遍,添上了洗衣机、电冰箱、热水器等家电。往后几年,我们准备买一台车。"余艳芳说。她相信未来的日子会越过越好。

余艳芳说的加工厂,是2018年浙江吉利控股集团投资2000万元在黔东南州雷山县望丰乡三角田村打造的吉利茶旅文化扶贫示范产业项目。

一直以来，因精深加工、品牌培育、市场营销等产业链的不成熟，全州产业层次较低，大量中药材、茶叶等以原料或粗制品形式销往外地，产品附加值不高。

对此，杭黔东西部协作通过派遣专业技术人员、投入东西部扶贫资金进行技术改造、积极引进东部农产品加工龙头企业等多种形式加快补齐这一短板。

雷山茶叶种植历史悠久，茶园普遍分布在海拔1100—1400米的雷公山腹地。这里海拔高，常年云雾缭绕，土壤肥沃，温度适宜，雨水充沛，占尽了天时地利。茶叶种植一直是当地老百姓主要经济来源，但产品附加值的提升一直鲜有成效。雷山县茶园面积有16.24万亩，茶叶品种主要有福鼎大白茶、龙井中小叶、安吉白茶等。全县茶园可采摘面积13.05万亩，茶产业覆盖全县8个乡（镇）132个村，茶农达1.8万户7.8万余人。虽然全县茶产品产量有4096吨，但产值仅为5.7亿元；全县注册茶叶企业156家，初级加工厂54个，仅1家企业具有茶叶出口经营权。

2018年6月8日，在杭州市和黔东南州的共同努力之下，吉利雷山云尖茶旅扶贫项目正式启动，并成立雷山云尖茶业实业有限公司。该项目占地11150平方米，由浙江吉利控股集团投入2000万元、东西部扶贫协作资金配套253万元建设完成。

2019年3月，厂房完成建设。2019年3月27日，正式投产。公司共引进茶叶生产线5条，设备总价值约360万元，实现当地采摘、当地加工。

"吉利集团的帮扶，极大地推动了雷山县茶产业的发展，特别是茶叶深加工以及品牌的打造，让雷山县茶产业实现多项突破。"雷山云尖茶业实业有限公司董事长杨春艳介绍说，"它有效弥补了我们无茶叶精细加工的短板，首次实现了当地夏秋茶的收购与加工。在品牌建设方面，先后开发了'雷山云尖''雷山金红'等茶叶品牌，与故宫博物院联合开发了'宫禧福茶'，还与杭州娃哈哈集团合作开发了扶贫茶饮。"

产业链的延长、产品知名度的攀升，让企业迸发出强劲的生命力，这给像余艳芳一样的当地茶农带来了实实在在的收益。2019年，该项目收茶青55万斤，综合产值1800万元，惠及建档立卡贫困户2000余人。

2020年，运营一年之后，吉利集团正式将雷山云尖公司整体移交给雷山县人民政府管理运营。

"吉利雷山云尖茶旅扶贫项目走的是'资金+管理+技术+销售'的全产业链扶贫之路，除了做好产品外，我们也在积极开拓销售渠道。"来自杭州的挂职干部，中共雷山县委常委、副县长周骆斌的话语中充满信心。

吉利控股集团内部用茶均是雷山茶，集团8万名员工都是雷山茶的消费者。同时，雷山茶也是吉利汽车在2019年上海车展和第19届亚运会汽车服务官方合作伙伴签约仪式战略启动新闻发布会用茶。

吉利还积极邀请媒体、吉利车主、曹操出行用户等到雷山进行探访，帮助牵线搭桥促成了雷山云尖公司与浙茶集团、故宫文创、网易严选、抖音等国内知名企业的合作，拓宽了雷山茶的销售渠道。

（文／余光燕）

"两江兄弟"共筑蓝莓梦

2020年的春耕时节,吴名玖终于下定了决心:全部铲除自己精心管护了10年的12亩蓝莓园。

"长了十年了,挂果之后每年每亩至少有3000元的收益,家里经济条件不断改善。但近两年,收益一直在下滑。"吴名玖说,"果树老了早就该换了,只是成本太高,一直在犹豫。"

吴名玖是麻江县宣威镇中寨村的一名蓝莓种植户。他说,周边的不少种植户也遇到了同样的问题:想要换新苗,但成本太高;不换,收益逐年降低,拖的时间越长,效益越低。

麻江深耕蓝莓产业20余年,是全国蓝莓种植面积最大的县。作为麻江当之无愧的优势特色农业产业,蓝莓产业近年来也遭遇发展瓶颈,亟待寻求在产品加工、品种改良等方面的突破。

得益于东西部扶贫协作平台和机制,结合蓝莓产业发展实际,2018年以来,对口帮扶麻江的杭州市滨江区共投入7366万元,打造麻江蓝莓全产业链。其中,2019年投入400万元建设的麻江县翁保蓝莓育苗基地当年建成。

"为了解决多数种植户没有资金进行种苗改良的问题,基地给出了优惠政策:通过先期发放种苗,产出后包收,再扣回苗款的方式,引导种植户更换蓝莓树。"翁保蓝莓育苗基地工作人员王进勇说出了基地的想法。

这个举措,直接影响了吴名玖的决定。

吴名玖铲除了全部老蓝莓树,并在3月领到4500株苗,一口气新栽了22.5亩。种上了新蓝莓苗,吴名玖的管护更加细心。

"今年基地已育苗80万株，发放蓝莓苗53万株，814户受益。"王进勇说，育苗基地每年可育苗80万株，能移栽3000亩地，基本能满足麻江扩大种植面积或品种更换需求。

"对于产业链的打造，我们不遗余力投入，目前已成功实施14个项目。""蓝莓梦"怎么推进？麻江县副县长、杭州市帮扶麻江县工作组组长王伟心中有数。除了育苗基地，他还帮助当地农户种植和改良了4574亩蓝莓，并延伸发展蓝莓林下养蜂3000箱，建成冷库5000立方米，8000平方米蓝莓加工厂正在加紧建设中。下一步还会有更大投入，让蓝莓产业成为麻江脱贫攻坚、乡村振兴的基石。

同时，杭州市紧盯"黔货出山"，帮助麻江拓宽蓝莓等农特产品的销售渠道。在此机制下，2019年—2020年两年间，麻江实现包括蓝莓系列产品在内的农产品销售4600余万元，带动了3000余户贫困户增收。

2020年5月下旬，由杭州市帮扶麻江县工作组牵线，麻江优质农特产品正式进入杭州联华华商集团所属60家控股子公司、260余家网点、年销售规模近150亿元的流通领域。

"在杭州市滨江区的帮扶下，麻江蓝莓实现了全公司化运作，打通了集育苗、种植基地、鲜果供应、产品加工于一体的生态产业链。"在麻江县蓝莓产业服务中心主任文光忠看来，麻江蓝莓不仅产值提升了，在行业的话语权也更大了。

如今，麻江县的蓝莓产业正向特色农副食品加工延伸、向农业观光旅游休闲度假转变，逐步实现农工一体、农文旅结合，逐渐形成"三个产业"相互支撑、互动融合的产业发展体。

（文／余光燕　何乾）

移出"绿色新故事"

2018年开始，贵州省委、省政府大力提倡农村产业革命，推进产业结构调整，立足黔东南州实际，借鉴东部已有经验、技术，先后引进蚕桑、西红花、大闸蟹、甲鱼等种植养殖品种；强化油茶、山核桃、楠竹等技术改进，真正将黔东南州的自然优势转化为产业优势、将生态优势转化为经济效益、将"绿水青山"转化为"金山银山"。

2018年，浙江省建德市帮扶岑巩县工作队通过实地调研，利用岑巩县优良的自然条件和社会基础、丰富的土地资源和劳动力资源，引进种桑养蚕普惠式农业产业项目，结合杭州市蚕桑产业发展的优新理念和技术，打造中部优质茧生产基地。

项目引进后，岑巩县采取"政府＋企业＋合作社＋农户（贫困户）"

岑巩县养蚕户在查看"蚕宝宝"长势（余欢／摄）

模式发展产业，建立蚕桑服务中心，签订保护价收购和技术服务协议，引导农户特别是贫困户发展蚕桑农业产业，服务全县乃至黔东南州蚕桑产业发展。

2019年至2020年，岑巩县连续两年在全县推广实施桑树种植7070亩，参与种植农户858户，其中贫困户392户，项目总投资1882.99万元，桑蚕每亩产值7000元以上。

种桑养蚕的推广既调整了岑巩县产业结构，又激发了群众发展产业的热情。

"这批春蚕长得好，茧子结得大，养了一个多月时间，卖了将近4000块钱。养蚕这个产业，还是可以。"2020年5月27日，在岑巩县天星乡黔东南州杭黔桑蚕服务有限公司，桑农张运凤接过卖蚕茧的钱，乐开了花。

从2020年4月28日天星乡将第一批蚕种发到张运凤手中到现在，仅仅一个月，就养出了一批可以卖钱的春蚕，张运凤决定好好掌握桑蚕养殖技术。

"虽然以前没有养过，但是有技术人员手把手教我们，收获后还有公司收购，不怕卖不出去。发展这个还是很靠谱的。"张运凤亲身经历后，信心满满地说。

蚕桑产业投入成本小、效益可观，适合农户个人参与实施，尤其适合农户在短期内脱贫致富。

为更好推进种桑养蚕产业发展，2017年，岑巩县把天星乡列为种桑养蚕的试点乡镇，县级财政投入扶贫资金339.63万元；又通过东西部扶贫协作，建德市投入东西部扶贫协作资金386.87万元，用于2500亩桑树种植和62500平方米的蚕房改造。

为加大推广种桑养蚕产业，岑巩县组织人员赴建德市考察"取经"，专门派技术员到建德市种桑养蚕基地进行学习。通过"党支部＋合作社＋

岑巩县养蚕户在查看"蚕宝宝"长势（余欢/摄）

农户""合作社＋基地＋农户"的模式，与建德市签订供销订单，全力推进种桑养蚕工作。采取统一免费送苗、统一技术服务、统一保底订单收购方式，将种桑养蚕发展为助推群众致富的高效产业。

2019年，天星乡试养蚕茧取得成功，共收购蚕茧200张，实现创收40万元，极大地激发了群众种桑养蚕的积极性。

"公司统一收购，上茧1公斤41元，双宫茧1公斤36元，下茧1公斤30元。"杭州建德市大同蚕桑专业合作社负责人黄国成介绍说，"天星乡桑蚕产业2020年进入丰产期，春蚕养2批、秋蚕养2批，1亩桑树管理得好，就是4—5张蚕茧，一张蚕茧按2000元计算，每亩桑树养蚕年创产值8000元以上。"

2020年，岑巩县以农村产业革命"八要素"为引领，借助东西部扶贫协作机遇，又投入资金880万元，在天星、大有、羊桥、凯本等乡镇大力发展种桑养蚕产业，建成标准化小蚕共育中心、现代化蚕种催青服务中心、优质桑品种繁育中心、桑蚕收烘服务中心各1个，并邀请建德市及县相关部门种植专家，定期在乡内开展种桑养蚕培训，抓好桑苗抚育、田间管理和养殖工作。

2019年以来，岑巩县共从建德市聘请16名专业技术人员，包村到户开展一对一技术指导服务，共计开展入户指导、桑蚕培训960余人次，其中贫困户425人次。饲养的农户基本掌握养蚕技术，并以网状形式有序传递给周边农户，促进产业推进和农民增收。

（文／余光燕　余欢）

品牌，"黔货出山"的翅膀

苗家的女孩，从小会就会绣花。台江县素有"天下第一苗县"之称，境内技艺精湛的绣娘数不胜数，她们的作品往往被刺绣爱好者争相收藏。

然而，长期以来，精湛的技艺只能自产自用，导致很多技艺衰落甚至失传。在黔东南州，这样的情况并不在少数。

为了让绣娘们发挥所长，实现技艺传承与赚钱养家两不误，台江县成立了苗手工产业指挥部——由县委主要领导任组长、副组长，相关部门为成员单位的工作领导小组，负责全面指导全县锦绣计划实施工作。

台江县投入东西部扶贫协作资金300万元，同中国妇女发展基金会"妈妈制造"项目开展合作，通过设计支持、品牌推广、市场导入、平台搭建、技能培训五项举措，提升台江银饰、刺绣产业层次。成立贵州台江翁你河苗文化发展有限公司，创新采用"一社多坊众创"扶贫方式，形成一社十坊。

项目实施以来，已完成饰品、女装等50余款产品设计，台江刺绣分别亮相纽约时代广场、北京时装周、北京798尤伦斯毕加索艺术展，"妈妈制造"苗绣作品——《锦绣台江》获2019年第158届法国全国美术协会沙龙卓越工艺奖。

走出大山，台江绣品用精湛的技艺证明自己的实力，让更多人看见绣品魅力的同时，也让黔东南州的企业看到了品牌的"魔力"。

黔东南州不缺好的产品，许多农产品、手工艺品极具地方特色，但其商业化基础薄弱、品牌知名度不高。地方企业和手工艺人在直面成熟的商业化运作体系时，难以打开产品销路。

台江苗手工合作社成立仪式（杨晓波／摄）

  杭黔东西部扶贫协作坚持政府引导、社会参与、市场运作，强化产销对接，塑造品牌形象，不断拓宽"黔货出山""黔货入杭"通道。

  围绕"苗侗山珍"和"'非遗'文化"两大主线，持续挖掘黔东南州农特产品和手工艺品的品质内涵和产地效益。强化"两品一标"认证和IP形象规范，引入网易严选、妈妈制造、王的手创等专业团队，在产品开发、包装设计、故事推销等方面进行重塑，提高黔东南州产品吸引力。

  其中，邀请中国美院文创设计团队提炼出以蝴蝶妈妈传说为核心的蝴蝶纹、鸟纹和龙纹作为统一IP形象规范；引进杭州安厨电商公司为榕江县农特产品做品牌和包装设计、开发"扶榕乐购"平台；吉利雷山云尖公司携手故宫博物院，推出"宫禧福茶"，打开雷山高端茶叶产品销售新渠道，并联合娃哈哈集团推出绿茶饮料等一系列尝试，都为黔东南州企业品牌的打造做了很好的示范。

  打造品牌，借鉴浙江省区域公用品牌打造的先进经验，推行"公共品牌＋企业品牌"的品牌推广模式。

  2020年6月9日，覆盖各类产品的黔东南州农产品区域性公共产品品牌

"苗侗山珍"正式启用。

"2001年开始种茶，2008年尝试做自己的品牌。作为省级农业产业化重点龙头企业，前几年我们的代加工比例依然高达90%。"丹寨县华阳茶业有限公司总经理杨梅介绍说，"我们的产品与品牌产品相比，实际上只是品牌的差异。"

"随着贵州省对农产品特别是茶产业的大力宣传，华阳茶业的知名度不断上升，公司的销售结构也随之不断调整。现在公司的批发部分逐年下降，贴标份额也在减少，自己的品牌占比在逐年增多。"杨梅说，"但品牌化之路依然举步维艰。做品牌本来就难，再加上州内企业的无序竞争，难上加难。"

"真的期盼了很久！品牌发布之后，作为第一批入会企业，我们的知名度在州内得到迅速提升。"杨梅感叹，"政府的宣传力度更大，平台更大，品牌培育聚合了更多资源。"

一组数据可以直观地体现品牌带来的效应：华阳茶业公司2018年茶叶产量136吨，产值350万元；2020年一季度，产茶20吨，产值600万元，预计全年产茶220吨，产值1000万元以上。

整合资源、制定标准、打造品牌。为改善企业分散经营、产业分散布局，县级区域公用品牌、企业品牌琳琅满目等农业产业"多、小、散"的局面，黔东南州通过创建区域公用品牌，把各类优势品牌资源有机整合，提纲挈领，攥指成拳抱团发展。

一手抓品牌建设，一手找市场。构筑"1+13+16+N"的"黔货入杭"体系，积极组织黔东南州企业参加浙江农博会、杭州市迎新春大联展、杭州国际茶博会等各类会展。推进实施单位购销、结对助销、企业带销、活动展销、商超直销、电商营销、基地订销、旅游促销、劳务帮销、宣传推销等"十大"消费扶贫行动。

同时，线上线下联动"育市场"。线上，成功承办全国消费扶贫购物节杭州站活动，云集公司邀请贫困县县长与"网红"代言人直播带货。"政采云"平台开设"农业扶贫馆"，成为行政事业单位、国企后勤保障部门及各级工会组织的采购平台。线下，以华东地区最大的超市——联华华商超市集团为依托，打造东西部扶贫协作产品销售展示中心，涵盖500余种优质农特产品，计划设置90个示范店、扶贫产品展销面积超过2万平方米，目前已达15个、展销面积3000平方米。"黔品中心＋区县级展销点＋实体门店＋社区便民车"的黔货线下体验销售网络不断织密，消费扶贫"最后一公里"正在全面打通。

（文／余光燕）

一个人与一个厂

　　山峦叠嶂之间，圣水温泉池畔，占地1300平方米的剑河民合服饰厂巍然耸立。

　　哒哒哒——哒哒哒，忙碌的生产线上，一件件内衣产品逐渐成形。它们将跨越千山万水，被英国知名内衣品牌公司收进仓库。

　　看似简单的步骤背后，是一段返乡创业的动人故事。

　　故事的开篇，要从一个人说起，他就是剑河民合服饰公司总经理陈光辉。

　　36岁的陈光辉，有过十多年的在外漂泊生涯。从给人打工到自己创业，一路艰辛走来，陈光辉的事业越做越好。与千千万万的游子一样，陈光辉心怀故乡情，他一直在等待着一个回乡发展的机会。

　　时光匆匆而逝，2017年，在朋友的牵线搭桥下，陈光辉邂逅了英国一家知名内衣品牌公司。

　　这家英国内衣品牌公司，诞生于20世纪80年代，在几十年的发展历程中，与之合作的知名欧洲销售商达12家。其产品遍布整个欧洲，比利时、德国、荷兰、西班牙等国家都能看到他们品牌的身影。其生产线则遍布世界各地，发展中国家印度、巴基斯坦、孟加拉国都在其列，而中国，正是他们的又一个目标。

　　"对方希望在中国寻找一家专为其品牌生产内衣的工厂，但要求极为苛刻。"陈光辉说，当时他就有点心动，"感觉这是一个机会"。

剑河民合服饰厂生产车间（欧阳章杰/摄）

"蛋糕"虽摆在了眼前，但要"吃到"却非易事，横在陈光辉面前有两大难关。

第一道，如何与对方正在物色的几家来自缅甸及中国汕头等地规模更大的工厂竞争？

第二道，办厂地点设在哪里？

"两大难关实际上都围绕着如何得到对方认可，取得授权。"机会稍纵即逝。陈光辉一方面多方考察与打听几家竞争对手的长处与短板，一方面着手建设新厂。

百般思量，最终，陈光辉将目光投向了自己一直心之所系的家乡剑河。

"这是情感与现实融合的最佳选择。"在陈光辉看来，其他的竞争对手都存在当地同行竞争较大、人力资源竞争激烈、发展受限等短板，而自家的家乡剑河同行竞争小，人力资源丰富，是办厂地点的不二之选。

"回家之路走得特别顺畅。"回想这一路历程，陈光辉心怀感恩。

他回乡办厂的想法被剑河县委、县政府获知后，获得了高度重视。剑河县副县长陈泽坤亲自带队前往陈光辉在汕头的工厂考察，并表示剑河愿意敞开怀抱，迎接他的归来。

"一方面，是对剑河人回乡创业表示支持；另一方面，这也是剑河所需。"剑河县投资与促进局副局长黄良吉说，"剑河劳动力资源充裕，又正在实施就业带动脱贫计划，引进这样的劳动密集型产业恰逢其时。"

回到一直魂牵梦萦的家乡，陈光辉感受到了无比的热情。他不仅获得了工厂用地前三年免租、后两年租金减半等优惠政策，还依靠政府开启的多项优先通道使服饰厂从办理手续到装修完毕，仅用了两个月。

2018年8月，服饰厂正式落户交通区位优势明显、各项基础设施完善的剑河屯州工业园。为助推公司扩大规模，招收更多贫困群众就近就业脱贫致富，政府投入东西部扶贫协作资金50万元，为公司添置制衣设备75台，建设扶贫车间。

成功叩开了出口欧洲的大门，这座"年轻"的工厂成为了剑河第一家出口产品的工厂，开启了剑河与欧洲的贸易之路。同时，也孕育了无数希望与发展的种子，不仅对剑河县实施"工业强县"战略有促进作用，也将

剑河民合服饰厂装箱待发的产品（欧阳章杰／摄）

在解决就业、促进脱贫攻坚、发展经济等方面发挥了积极作用。

如今，服饰厂蓬勃发展，已建成生产线8条，年产值约2000万元，招收员工近200人，其中贫困群众30人，人均年增收约3万元。

在扶贫车间的众多工人中，唐德美是手工速度最快的一位。如果不介绍，外人不会看出这位平时沉默不语但认真勤奋的妇女是一位聋哑人。

38岁的唐德美，过去因无法与人正常交流，只能待在家中务农。收入的匮乏，致使唐德美的生活一直处于困境之中。

家门口的剑河民合服饰厂开办以后，在相关部门的帮助下，唐德美得以来到车间工作。在车间主管耐心地指导下，她依靠自己极强的领悟能力，成为了车间的"快手"。

如今，每个月4000多元的收入彻底改变了唐德美的生活，也让她今后的生活充满了阳光。

（文／余光燕　欧阳章杰）

大棚就是"聚宝棚"

"打赢脱贫攻坚战，产业发展是关键"。在推进脱贫攻坚工作中，岑巩县因地制宜，瞄准食用菌市场前景良好、收益见效快等优势，借助东西部扶贫协作的帮扶资源，以"政府＋企业＋合作社＋贫困户"的发展模式，积极引进食用菌种植产业，开辟了一条"短、平、快"的脱贫致富门路，为水尾、注溪、大有三个乡镇的751户2347名群众撑开了"致富伞"，为产业扶贫树立了"新标杆"。该项目上百个香菇大棚每天可产食用菌4万斤，市场供不应求。群众足不出户就能就近就地创收增收。

在水尾镇新场村食用菌种植基地里，连成片的标准化香菇大棚黑压压的一大片，这些大棚已成为村民脱贫致富的"聚宝棚"。

水尾镇食用菌项目于2019年3月开始建设，总投资2100万元，其中东西部扶贫协作资金1000万元。已建成标准食用菌种植大棚125个、食用菌加工厂房1个、冷库3座，年产菌棒100万棒。项目采取"公司＋合作社＋农户"的模式，覆盖水尾、大有、注溪三个乡镇，有效带动40余户贫困户在基地实现自主创业。

"现在够大的就要把它摘掉。那个有4.5厘米左右的，就是一级菇。像这个不长了，开伞了，它就是二级菇。这个开片了，长出来就是三级菇。采菇的时候一定要按照标准来采。"技术员周火宝说。

走进新场村村民黄秀武的香菇大棚，温润的空气夹杂着馥郁的菌香扑面而来，一个个整齐排列的菌棒上，一朵朵香菇像一把把撑开的小伞，馨香鲜嫩、惹人喜爱。黄秀武在技术人员的指导下，正忙着采摘已经成熟的香菇。

"我现在发展了两个大棚，1.6万多棒，一个菌棒产量大概在2斤左右，公司回收是3元一斤，到年底大概收入是4万多元。"黄秀武说。

针对在家贫困劳动力、特殊困难人群、易地搬迁集中安置贫困户就业难问题，水尾镇鼓励贫困户承租大棚自主经营种植香菇，现已有46户贫困户在基地实现自主创业。"零成本"、送技术、包回收的产业，不管是在菌棒的质量、技术指导、保底收购以及种植户效益上，老百姓都得到了充分的保障。

"我自己发展了3个大棚，2.4万多个菌棒。种出来的菌菇有公司回收，我们不用担心销售，还有技术员指导，发展这个产业我们还是有信心的。"易地移民安置小区搬迁户舒国成说。

产业扶贫是帮助老百姓增收致富的重要途径，是推动"输血式"扶贫转为"造血式"扶贫的重要手段。贫困户除了通过土地流转、就近务工、订单种植等方式增加收入外，还能通过东西部扶贫协作资金和财政专项扶贫资金发展产业获取分红。

"贫困户利益联结这块我们有两部分资金，一部分是东西部扶贫协作资金，覆盖了注溪、大有、水尾三个乡镇的深度贫困村；另外一部分就是我们的财政专项扶贫资金，覆盖了长坪、下坝等贫困村；总共覆盖了751户2347人。东西部扶贫协作资金按照人均分红，人均500元以上；财政专项扶贫资金按照户均分红，户均600元。"水尾镇扶贫工作站主任张建民说。

扶贫产业强，百姓脱贫快。水尾镇食用菌项目实施十年累计可产生扶贫收益3219万元，其中，农户参与种植保底收益1995万元，土地租金收益119万元，劳务收益1000万元，冷库租金收益105万元。此外，贫困户参与种植，每户每年可获得保底纯收入31920元，小香菇产业为百姓撑开致富大"伞"。

围绕2020年脱贫攻坚及产业发展目标，除大力发展食用菌种植项目外，水尾镇结合坝区结构调整和林地资源优势，统筹推进林下灰树花种植400万棒，逐步将菌业产业向现代化、规模化、产业化发展。

对于水尾镇的村民来说，除了种植食用菌，还有一个种植的新品种——豇豆，也能为他们开拓致富路。2020年是水尾镇种植豇豆的第一年，全镇共种植豇豆1300余亩，涵盖大树林村、新场村等6个村，有效带动了500余人就业。水尾镇已经采收豇豆93961斤，按照市场价1.5元/斤计算，预计收入14万多元。

水尾镇党委、政府紧扣农村产业革命"八要素"，结合坝区气候、土壤实际，通过与贵州省蔬菜集团进行订单合作，以"企业＋村级合作社＋种植大户"的模式，选定豇豆作为水尾坝区的主导产业。通过发展一季、带动一批，覆盖整个坝区的发展规划，扭转水尾坝区产业"小而散、杂而乱"的局面，实现产业单品突破，建立建强水尾坝区的蔬菜品牌。

（文／余欢）

一株吊瓜的"扶贫之旅"

2020年春天，贵州省黔东南州丹寨县的副县长徐建刚和扶贫办副主任徐赟跟当地的普通农民一样，天天在吊瓜地里忙活。作为杭州市派驻黔东南州丹寨县工作组的成员，开春以来，他们的主要工作之一就是忙着组织实施单位给农户培训"药药套种"的新种植模式。

吊瓜是丹寨县的常见农产品，它们居然可以和板蓝根、黄精种在一起，不仅产量增加了，而且质量也提升了，倍受农民欢迎。这是杭州市帮扶丹寨县工作队与丹寨县农业园区在丹寨县推行的"药药套种"种植模式。该模式不仅让吊瓜为农户"吊"来了财路，更让"造血式"扶贫遍布在黔东南州的各个角落。

混种模式提高土地利用率

"土地不够，套种来凑。"由徐建刚和徐赟带队的工作组，2019年刚到丹寨县时就直接下地调研。丹寨县村民的土地上，原先只是单一地种着吊瓜，或者单一地种了板蓝根，土地利用率不高。

杭州市帮扶丹寨县工作组的队员们查阅中药材有关资料，发现：吊瓜和板蓝根、黄精均是不同科属植物，在吸收物质元素方面不相冲突，同时在生长习性方面，板蓝根和黄精都喜阴，夏秋烈日季节需要遮阳，而吊瓜在8月至10月基本封顶，其他时间处于干枯状态。所以在8月至10月板蓝根、黄精需要遮阳的时候，吊瓜为板蓝根、黄精遮阳，其余时间板蓝根、黄精得到应有的光照，这样既减少遮阳设施投入，又不影响应得光照，一举两得。

村民们听了工作组的介绍后，欣然接受这一套种模式。于是，在丹寨县的土地上，孕育着吊瓜、板蓝根、黄精三种植物。通过这样的套种方式，杭州市帮扶丹寨县工作组巧妙地破解了产业用地紧缺的难题，充分利用土地资源，提高土地利用率和附加值，成效特别显著。

"造血"功能持续增强

通过"药药套种"种植模式，丹寨县的农产品产量大幅提升。像丹寨县这样，在杭州市对口帮扶下，通过构建"政府帮扶、人才支持、企业合作、社会参与"全方位、多领域协作工作格局，有效有力地助推黔东南州6个县脱贫摘帽，减少贫困人口30万，为"决胜脱贫攻坚、同步全面小康"开好局起好步。

不仅帮农户增加产量，还要扩大销路。杭州市对口帮扶黔东南州的脚步从未停歇，组织黔东南州百家企业参加浙江农业博览会、中国义乌国际森林产品博览会、中国国际电子商务博览会、杭州茶博会等各类会展，举办推动黔东南州脱贫攻坚绿色优质农产品推介周活动，持续扩大黔东南州农特产品知名度，推动"黔货出山"；借助杭州电商的资源优势，大力推进电商扶贫，帮助实现全州国家级电子商务示范县全覆盖，积极引入农村淘宝、网易严选、新农都等龙头企业，对接农特产品销售，全州实现网络零售额达6亿元；积极推动线下展销平台建设，在杭州13个区县（市、县）开设农特产品展销中心，开展进商超、进机关推广活动，实现线上线下销售互通。

扩大吊瓜的帮扶效应

地处黔东南州西部的丹寨县，以苗族为主，汉族、水族等多民族聚居。因群山阻隔、资源匮乏、交通不便等原因，当地曾长期处于极度贫困和落后状态，是国家级扶贫开发重点县。

2018年，杭州高新区（滨江）东西部扶贫协作驻丹寨工作组（以下简称"滨江区驻丹寨工作组"）进驻丹寨县，探索如何实现产业脱贫。经过对当地土壤、气候等自然条件的调研，滨江区驻丹寨工作组最终选定吊瓜套种板蓝根作为扶贫产业。

"吊瓜为多年生草本植物，经济价值高，一次种植可连续收益五年。它的根、藤不仅是天然的药材，吊瓜子也受市场欢迎。"杨秀贤说。为打消村民"果子种了没销路"的顾虑，滨江区驻丹寨工作组还引导贵州丹寨县浙丹食药用菌开发有限公司（以下简称"浙丹公司"）在当地开展技术指导和吊瓜订单回收。

浙丹公司是多年前丹寨县从浙江重点引进的民营企业，双方以"企业＋合作社＋贫困户（农户）"模式发展产业，由村级产业扶贫专业合作社

丹寨县烧茶村的吊瓜套种板蓝根（刘绍波／摄）

具体实施，浙丹公司开展技术指导并订单回收。

最初，浙丹公司承诺村民，以20元/公斤的价格保底收购吊瓜。后因吊瓜品质好，最终收购价为30元/公斤。有了销路保证，村民干劲十足。

除了资金支持、引导企业技术支持以外，杭州市滨江区东西部扶贫协作工作组还因地制宜推广"药药套种"模式。杭州市滨江区挂职干部、丹寨县扶贫办副主任徐赟介绍："经多方尝试，发现吊瓜与板蓝根相搭最合适。吊瓜喜阳，板蓝根喜阴，两个作物在同一块土地，能为村民带来两份收益。"

两份收益具体如何？吊瓜生长周期五年，平均每亩每年投入2000元、产值4500元、纯利润2500元；板蓝根生长周期三年，平均每年每亩投入2000元、产值4000元、纯利润为2000元。

烧茶村的村民陈天秀依靠在基地干农活每天收入90元，不仅解决了在家卧床老伴的医药费、留守孙子的学费，一年半下来，银行卡余额还有2万多元；同村村民吴庆贵，把家里的土地流转给合作社，还在基地担任基层管理员一职，一年收入三五万元……

2018年以来，杭州市滨江区在丹寨县投入帮扶资金1.22亿元，实施扶贫协作项目47个，覆盖全县63个深度贫困村、14个贫困村，带动9300名群众脱贫，使5万余名群众受益。

一株吊瓜的自述

大家好！我是来自浙江绍兴的吊瓜，我还有一个学名，叫"栝楼"。2016年，我与小伙伴儿跟随一位名叫潘家吉的大叔来到贵州省黄平县旧州镇。由于这儿的海拔高，温差大，日照足，我们非常喜欢这里的环境，因此，一致决定就此"定居"下来。

与其说是贵州选择了我们，不如说是我们选择了贵州。

丹寨县烧茶村的吊瓜套种板蓝根（刘绍波／摄）

　　脱贫攻坚战打响后，农村产业革命各项政策落地，我们的新家越发美丽舒适了。一个个身形笨拙的小吊瓜，结出一批大过一批的优质瓜籽。我们也凭借这满腹"宝贝"，帮助当地农民增收致富，助力脱贫攻坚。

　　故事要从2016年说起，从浙江打工回来的潘家吉偶然间看到镇上有片因发展葡萄种植产业失败而闲置的土地，便萌生了流转这片土地种植吊瓜的想法。他心想：以前在浙江五金厂打工的时候，跟当地人也经常聊起吊瓜的生长环境和田间管理工作，没准可以在贵州种浙江的吊瓜，现在土地和架子都有现成的，明年就可以试种50亩。2017年，潘家吉把自己在外打工的所有积蓄和向银行借的几万元投进去，把我和我的小伙伴们接到了黄平新家，并成立黄平县黔康源生态农业科技有限公司。

　　把我们接过来以后，潘家吉便迅速托人联系到浙江绍兴农科院的专家，并与浙江绍兴农科院建立长期合作关系。现在，他已经把我们的生长习性、喜好摸得透透的了。成功的试种经验、过硬的产品品质、可观的市场前景，让黄平发展吊瓜产业的信心更足。这不，第二年，隔壁村又来了一大批小伙伴。

我们刚落地贵州时，村里面的人都说我们是潘家吉的"小情人"，把他迷得神魂颠倒，好似一名"瓜痴"。这锅我们不得不背，因为他确实把大部分的时间精力都花费在我们身上了。当然我们也是知恩图报的"好宝宝"。这不，这一两年我们就给他带来了几十万元的收益。迅猛的发展势头，让越来越多的村民开始跟着潘家吉发展产业，而且还吸引了很多领导和游客到这里来考察和参观哩！

目前我们的"家"大约5000亩，2020年准备向万亩冲刺，还要把这里打造成旅游景区，到时候会有更多游客过来观光旅游。我们的"家"将会变得越来越宽敞舒适，到时候我们也会"生"出更多价值。

黄平政府也看到吊瓜产业带来的巨大效益和产业扶贫带动模式的明显成效，2019年，东西部扶贫协作项目在此落地，随之建立了谷陇镇牛场村吊瓜基地，实施面积180亩，总投资143万元，其中，对口帮扶资金100万元，公司自筹资金43万元。

谷陇镇吊瓜高效种植示范基地已成功申报成为黔东南州级农业示范园区，滴灌、产业路、电力等基础设施也初步建成。通过该项目实施，预计可以帮助119户357人脱贫。除此之外，该产业已带动岩英、青塘、牛场、平安等村合作社、种植大户、农户，种植面积约4000亩。

每当有人问起我们来到这里以后给大家的生活带来哪些改变时，隔壁村老雷就一个劲地夸赞我们，紧接着便说起自己为什么开始跟着潘家吉种植吊瓜的小故事来。"我跟潘家吉早就认识了，他是踏实肯干的人，看着他前年把吊瓜产业带到旧州那边，并创造了一笔不小收入。我想着跟着他干准没错。我下定决心跟潘家吉学习种植技术，并把自己家的4亩地和亲戚朋友家闲置的4亩荒地拿来种植。碍于水泥桩成本太高，我就用木桩搭建架子。"

"2019年建了10多亩地，一年赚了1万多元。吊瓜当年种下去就可以收获，而且埋在土里的瓜苗可以连续生长五年；结瓜率降低时，再种植新的瓜苗就可以了。"种植的第一年，老雷的就尝到了"甜头"，扣掉所有成本和管理费，净赚1.7万元。"接下来，我准备把木桩都换成水泥柱，并把其他村民的10余亩土地流转过来，进一步做大做强。"老雷说。

现在，很多村民房前屋后也开始让我们"扎营"，他们感受到了我们的价值，也想尝尝"甜头"，看看我们是如何放大招的。

黄平接下来将全力打造集生产、加工、销售、农业示范推广、科普、休闲、观光旅游、扶贫开发于一体的山地高效综合农业示范园区，为黄平农文旅发展提供借鉴。

（文／祝芷媛）

"基地"让钱袋子"鼓"起来

2020年，黄平县统筹杭州东西部扶贫协作资金打造建设直供杭州的蔬菜基地项目，以及增加贫困户收入，带动当地农民增收脱贫。

"黄平县是国家级贫困县之一，要想促进当地农民增收，就要做强特色农业。"黄平县扶贫办副主任叶吕说。

2020年2月以来，黄平县通过东西部扶贫协作工作平台，引进了贵州浙黔智慧食品有限公司负责具体运营管理，通过统筹杭州市帮扶资金和企业自筹资金共计386万元，建设占地100亩约5万平方米大棚及相关配套设施的四季供应无公害蔬菜直供杭州基地，产出蔬菜直供对口帮扶城市杭州各县（市、区），充分发挥当地土地自然资源优势和劳动力资源，带动贫困户脱贫致富。项目建成后，可为18名贫困户提供长期就业岗位，每年为他们提供劳务收入10.8万元，每人每年平均有6000元的收入。项目每年还支付农民土地租金9万元（900元/亩），利益联结贫困户595人，人均年增收500元以上，还可带动周边100多名贫困群众参加季节性打工增加收入。截至2019年底，直供杭州蔬菜基地的5万平方米大棚基本建成，部分大棚已陆续开始种植蔬菜，各项基础配套设施陆续建设完成。

做强特色农业，既要拓宽优质农产品销售渠道，还要实现田间地头到市民餐桌的无缝连接，通过消费带动扶贫产业。除了积极打通县内自身市场主体参与，以最小销售半径解决"菜篮子销售"问题外，黄平县还积极开展"黔货出山"产销对接。基地管理方贵州浙黔智慧食品有限公司与杭州联华华商集团有限公司本着"优势互补，消费扶贫"原则，签订了价值

120万元的蔬菜采购合同，采购内容包含了茄瓜叶菜类、养生根茎类等几十个蔬菜品种，让基地蔬菜销售市场有保障的同时，也让村民致富增收的"钱袋子"有保障。

2019年以来，黔东南州深入贯彻落实省委、省政府的统一部署，以162个坝区农业产业为重点和突破口，按照"五步工作法"和农村产业革命"八要素"，以企业为主体、以科技为支撑，大力发展优质蔬菜、草本中药材、食用菌、优质稻田生态综合种养等高效产业，有效推进坝区特色产业规模化种植、标准化生产、产业化经营、品牌化建设，种植模式、土地流转、订单种植面积、助农增收等方面实现了突破，引领黔东南州农村产业革命向纵深推进，为决战决胜脱贫攻坚提供有力支撑。

2019年以来，黔东南州扩大了蔬菜、辣椒、食用菌、中药材等"短、平、快"的高效经济作物种植，蔬菜累计种植面积达17.14万亩，同比增长71.9%，以蔬菜为主的经济作物种植面积实现快速增加。坝区耕地复种指数提高到1.95，亩产值达7986元，坝区种植结构实现由以粮油作物种植为主向以经济作物种植为主的转变。

其中，天柱县在蓝田大坝、飞机大坝万亩大坝种植蔬菜面积分别达3570亩和4600亩，蔬菜种植规模实现突破；锦屏县计划在敦新大坝秋冬种植西兰花1万亩，已完成定植面积8860亩，在种植单品规模上实现突破；三穗县瓦寨到款场一线坝区，新建10公里红菜薹种植走廊。以往的农户分散种植，如今已向规模化种植转变，形成了"龙头企业＋合作社＋农户"的生产模式和"产、加、销"有机衔接的产业链格局。以榕江县为例，由贵阳农业投资公司、贵州三鑫天源公司等经营主体在忠城镇车江坝区流转土地7295亩，土地流转率由2018年的53.23%提高到71.05%，建成7515亩标准化商品蔬菜种植基地，推行工厂化集中育苗，建成全省十大蔬菜产业育苗基地之一。

"万城生态农业发展有限公司通过市场对接，在黔东南州域内的黄平、凯里、天柱、岑巩、镇远、雷山等县的坝区及连片区域，建立6个共计13050亩的跨县域蔬菜直供直采基地。"黔东南州农业农村局负责人提到，"产销对接大大增强了规模种植的信心，依托龙头企业的市场拓展能力，在坝区产业结构调整中，黔东南州形成了'跨县域订单生产直供直采基地'模式，与农户签订定单累计种植面积18.64万亩。能产能销，最终惠及群众。"

在一批带动力强、影响力广的龙头企业带动下，订单生产、反租倒包、入股分红、资产收益等成为与当地农户的利益联结方式。2019年，黔东南州新型经营主体带动农民人数共计27.62万，其中贫困人口13.43万，增收总额34105万元。坝区农民人均可支配收入达10808元。三穗瓦寨调洞春晖蔬菜专业合作在坝区还创新推行了"两带三全五金"机制，即通过"两带"（村干带头、能人带富），实行"三全"（全产业链设计、全订单生产、全覆盖贫困户），获取"五金"（劳动就业薪金、土地流转租金、保底使用息金、利润分红股金、代种收益金），鼓励全村群众以土地、资金、财政扶贫资金入股合作社，实现了干群、经营主体抱团发展，联动创收致富的良性循环，通过发展蔬菜种植全村实现了人年均增收5000元以上。与此同时，黔东南州积极争取中央、省级农业基础设施建设项目及财政资金支持，整合农业、自然资源、水利等部门的高标准农田建设、土地整治、水利建设等涉农资金，重点解决调减区域工程性缺水、排灌设施不足等突出问题。全州坝区整合投入建设资金3.41亿元，基础设施建设项目73个，产业发展项目200个，完成高标准农田建设2.88万亩，基础设施及配套设施进一步完善。

此外，黔东南州加大了"苗侗山珍"区域公共品牌打造。遴选49家企业作为"苗侗山珍"品牌产品推介和销售商正式运营，涵盖茶叶、优质米、蓝莓、思州柚、红酸汤、太子参、天麻等品种。通过品牌打造，将分散的农户、种养大户、家庭农场、农民合作社与龙头企业和农业经营性服务组织联合起来，抱团发展、形成合力。

同时，结合坝区结构调整，抓住东西部扶贫协作契机，积极赴长三角、粤港澳大湾区、长沙、成都、重庆等地开展产品宣传推介。建立了一批农产品生产直供基地，实现了坝区农产品品牌化、标准化、规模化、特色化、产业化"五化"提升。

截至2019年，全州绿色食品认证增加至26个，认证面积7.49万亩；有机农产品认证面积10.9万亩，认证证书146张，认证品种47个，有机基地190个，有机产品认证示范区8个、创建区3个，地理标志保护农产品8个。为了给产业化发展提供有力的技术支撑，黔东南州整合各类培训资源，创新培训机制，以产业大户为主要对象，以技术示范为主要方法，积极开展先进实用技术培训，加强本地技术骨干队伍的培养。全州组建了县市"万名农业专家服务'三农'行动"服务团队16个共计2063人，开展农技人员能力提升培训440人，培训新型职业农民1590人，培训农村实用人才13.76万人，帮助解决农业技术难题303个。

（文／邹冉）

小树藤编织出脱贫路

　　繁忙的一天即将开始，简单吃过早餐后，王敏便踏上上班的路。王敏是贵州省雷山县的一名易地扶贫搬迁群众，2018年6月，她和家人从雷山县大塘镇桥港村搬到了雷山县羊排易地扶贫搬迁安置小区。

　　步行大约10分钟后，王敏到达了目的地——雷山县宏鑫工艺品加工厂。这是一家以生产研发传统藤编、竹编为主的特色手工艺加工作坊。

　　雷山县是文化和旅游大县，全县仅国家级非物质文化遗产就有13项。近年来，雷山县大力创设"非遗"扶贫就业工坊，培育传承人，开发文创旅游产品，创造就业岗位，带动当地群众脱贫致富。

　　宏鑫加工厂负责人杨国超是雷山县新近挖掘培养出来的"非遗"传承人，他是雷山县大塘镇交腊村人。交腊村地处雷公山腹地，森林茂密，古树藤蔓丰富。这里的苗家人世代以农耕为生，山间的野藤和方竹是他们加工农用器具和生产设备的天然材料。

　　2015年春节，杨国超回家过年时，看到爷爷留下来的烟斗上有一个藤编装饰物，这引起了他的注意。"我之前在义乌做装饰品，感觉义乌什么都有，但是没有这个。"杨国超拿着烟斗去找叔叔请教藤编技艺，"但叔叔编得也不好。"

　　春节后，杨国超回到义乌，但他没有停止钻研藤编技艺。经过几次尝试，杨国超创新推出了工艺品——桌面花篼，并申请了专利。

　　2017年8月，杨国超回到家乡，"年纪大了，不想在外面，准备回老家开个小厂，编藤编维持生计"。不久后，一个偶然的机会，交腊村驻村第一书记赵广看见了杨国超的藤编工艺品,并向县里推荐。

2018年6月,当地政府在雷山县牛王寨易地扶贫搬迁安置点给杨国超提供了4间门面。杨国超成立了宏鑫工艺品加工厂,2018年7月正式投产。

但因为管理不到位,工人技术不熟练,第一批产品残次品率很高。此后,杨国超改进工艺,选用更细的藤条,并降低了生产难度。"改良后作品更小巧、精致、美观,更受消费者喜爱。"

为了更好地帮助贫困户就业,2019年5月,杨国超在羊排小区增设了加工工坊。"场地是政府协调解决的,租金也有一定减免。"杨国超说。

"工厂刚成立的时候我就来了,最开始在牛王寨,这边工坊弄好后,就到这边来了。"王敏回忆,她此前在蛋糕店工作了半年,因为工资低和不方便照顾小孩,就辞职了,"现在每个月工资3000元左右,挺好的"。

工厂目前主要通过政府组织展销和自己找商家拓展销路,产品最远卖到了日本和韩国。2019年,工厂总产值达180万元,支出工资27万余元。

由于生产的藤笪、花箩供不应求,杨国超正在装修厂房,准备扩大生产规模。为此,公司争取到东西部扶贫协作资金70万元,用于新建藤编工艺加工车间1个和装修、水电安装及购买相应设备等。"扩建后厂房有2500平方米,预计4月底完工,首批计划解决100个群众就业。"杨国超算了算工人们的收入,"工厂现在有17名工人,都是贫困户,工人熟练后每天能挣100元左右。"项目还利益联结了大塘镇搬迁至易地扶贫搬迁安置点的贫困户人口70人,年人均分红500元以上。厂房全部装修完成后,预计至少可以提供300个就业岗位。

发展藤编业,让更多群众就近就业,只是雷山县抓脱贫攻坚促发展的一例。

这几年,通过大力发展"两业"(就业和产业),群众增收明显加快。全县贫困发生率从2014年的28.2%下降至零,百姓脱贫致富奔小康的底气越来越足。

在羊排安置小区宏鑫工艺品加工厂生产车间里，王启英正在给新员工讲解藤编技术。她说是从达地水族乡搬迁来的，"在这里上班离家近，工作方便，工资一个月也有3000—4000元，不比外面低。我很满足现在的生活。"

"我们社区现在有6个扶贫车间，大概能解决300人的就业岗位。现在正在扩建中。扩建完成之后，将会解决更多人的就业。"城南社区居委会主任杨秀禧说，对就业促脱贫也体会颇深。

自脱贫攻坚战打响以来，雷山县就把易地扶贫搬迁群众就业作为后续帮扶的重要工作来抓，充分发挥"基层党支部＋企业（扶贫车间）＋贫困户"三位一体劳务模式，按照用工企业的技术、岗位需求，精准培训、精准匹配，组织化劳务输出，帮助搬迁群众就近就业，并以有组织劳务输出、稳岗补贴、发放爱心礼包等方式，推进搬迁群众就业，逐步实现从"搬得出"向"快融入、能致富"转变。

（文／邹冉）

油茶为脱贫"加油"

春风和煦，暖风拂面。近日，在锦屏县启蒙镇丁达村高孟油茶种植基地里，30名村民正在刨土、施肥、种苗，挖掘机在开挖梯土、修产业路，一派繁忙景象。

"受疫情影响，我们没有外出务工了，就在家门口种植油茶。每天有120元收入。相比之下，收益也差不多。"村民龙章礼笑道。此时，他正和20多个乡亲一起，在油茶种植基地里干活，有说有笑。

"杉木成材需要20年左右，周期较长，见效慢，而山油茶3—5年就开始挂果，10年以后进入丰产期。周期明显缩短了，效益却翻倍了。丰产期每棵油茶树可以结油茶果6—10公斤，晒成干油茶籽2—3公斤。平均每亩油茶地可以种植90株油茶树，年产干油茶籽200公斤左右。按照平均出油率23%来算，一亩油茶树年产茶油40—50公斤，按照市场价每公斤100元，我们村1300亩油茶年产值600万元左右。近年来，村民对栽种山油茶的积极性很高，我们有信心、有决心把油茶产业做大做强。"丁达村党支部书记龙章泽说着为什么要发展油茶种植的缘由。

"油茶是个懒庄稼，种下苗可管上百年，经济效益又好，对山区群众来说，绝对是一项好产业。"由于种油茶有这些好处，启蒙镇油茶种植历史其实不短。

山多地少一直是困扰锦屏县启蒙镇发展的一大难题。农村产业革命在贵州打响以来，启蒙镇巧念"山"字经，采用政府推动、企业带动、社会联动的方式大力发展油茶产业，走出了一条独具特色的油茶产业发展之路。截至2020年7月，启蒙镇油茶种植总面积达2多万亩，油茶树成为当地群众脱贫致富的"摇钱树"。

过去，油茶产业发展单一，以"自建基地、自我管理、自身加工"的封闭式模式为主。这种模式因没有找到与农民利益的结合点，成为制约启蒙镇油茶产业发展的一大瓶颈。

近几年来，启蒙镇确立以油茶产业为支柱产业的核心理念，把龙头企业作为油茶产业发展的"牛鼻子"来抓。深入探索"企业＋合作社＋贫困户"产业扶贫新模式，成功流转高干、高孟等3个山油茶基地共计3000余亩，全部交给锦屏县金森林业投资开发有限公司，基地覆盖丁达村、地茶村和三合村共986户4129人，其中贫困户354户1361人，长期带动劳动力就近就业60余人。同时，通过充分利用生态优势，大力推广林下套种中药材模式，在油茶林下种植天冬、黄精等中药材，以"长短结合、林上林下结合"的方式，走出了一条独具特色的油茶产业发展之路。

"油茶的挂果期需要3—5年，10年以后将进入盛果期，稳产收获期可达到80年以上。为兼顾长期效益预期与群众短期内脱贫的迫切需求，公司制定"5+1"扶贫模式，让群众全过程享受发展红利。"锦屏县金森林业投资开发有限公司负责人林建介绍说。

"5+1"中的"5"就是土地流转租金、进园务工薪金、承包管理酬金、超产分成奖金、订单种植订金这五项收益金，"1"就是扶贫贷款红利。贫困户和公司签订协议向银行申请5万元贷款，以此入股油茶基地，贷款本息由公司负责偿付，即使是没有劳动能力的贫困家庭每年也能得到红利2000元。在这一模式下，基地优先安排贫困户务工，每人每天120元左右。油茶挂果后，基地将油茶承包给农户管理，每亩可获约300元的承包管理酬金。如果实际产量超出合同规定产量，在承包管理酬金的基础上，农户还可以享受超产效益的七成。同时，基地还发动农户种植油茶。基地提供油茶苗、技术指导，保价收购油茶果。

"过去是荒山,现在正在变成大'油田',群众脱贫有了'加油站'。眼下,锦屏县金森林业投资开发有限公司又着手开发油茶深加工。大家脱贫致富的信心更足了。"丁达村党支部书记龙章泽说如此形容。

锦屏县先后投入1584.125万元(其中东西部扶贫协作资金827.875万元),用于在启蒙、新化、敦寨等乡镇新建油茶基地2500余亩,覆盖贫困户464户804人。通过新建油茶产业示范基地,撬动全县油茶产业发展,壮大油茶种植规模,带动农户稳定增收,巩固脱贫攻坚成效,助推乡村振兴。

黔东南州也以发展油茶产业带动扶贫为目标,出台了《黔东南州油茶特色优势产业发展实施方案(2020—2021年)》。方案按照"生态产业化、产业生态化"的要求,深化与省金控集团公司合作,积极争取贵州绿色产业扶贫投资基金支持,协调推进欧投行、政策性银行等长期低息贷款支持,推进各项目实施县将国储林贷款用于油茶基金建设,并指导保险机构提供符合油茶产业的保险品种。

未来,黔东南州将在巩固提升现有100余万亩油茶面积的基础上,再新造油茶林;同时,着力构建种植、加工、销售为一体的全产业链,以不断完善利益联结机制,有效带动当地群众就业和持续增收,为巩固脱贫攻坚成果和推动乡村振兴奠定扎实基础。力争到2021年,在黎平、天柱、锦屏、从江、榕江、岑巩、三穗、黄平、镇远、施秉、剑河、台江等12个县建成100万亩高标准油茶特色优势产业基地,实现年产油茶籽9万吨、年产值达20亿元。

(文/邹冉)

东西协作结出"甜蜜果实"

2019年8月12日，在贵州省黔东南州台江县老屯乡长滩村举办的"杭州市余杭区东西部扶贫协作秀珍菇产业收益分红仪式"上，来自老屯乡岩寨、南匠等村720位村民领到扶贫产业项目分红。

秀珍菇产业基地落户台江县老屯乡是东西部扶贫协作所结的"甜蜜果实"。2018年6月开工建设，2019年初试生产，2019年10月前全面开工生产，这座"菌工厂"是黔东南州目前唯一的秀珍菇产业基地。

秀珍菇，名称来源于台湾地区，是经济价值较高的一种凤尾菇，但它不同于普通凤尾菇，其菇体娇小，柄长五六厘米，盖直径小于3厘米，称为"秀珍"。秀珍菇不仅肉质脆嫩，纤维含量少，口感特佳，味道鲜美，而且营养丰富，是一种营养价值极高的珍稀食用菌。

老屯乡秀珍菇产业化建设基地项目建设，按照"公司＋合作社＋贫困户"的发展模式，采取"出租收益分红"的项目分红方式，自2018年起，共分红十年。"项目资金来源于扶贫专项资金、东西部扶贫协作资金、企业投入资金等。"台江县老屯乡扶贫工作站相关负责人介绍。"采用业内最先进的工厂化食用菌种植，菌棒成品率从以往的80%提高到99.7%。"台江县创健生物科技有限公司负责人说，"以后将构建工厂化生产、大棚生产、林下生产齐头并进格局，让更多老百姓能从秀珍菇、平菇等菌菇生产中获益。"

老屯乡长滩村贫困户黄约秧亲历家门口这座"菌工厂"的兴起，已在厂里工作半年的她，不仅每个月有3000多元的固定工资，还增长了很多见识。"这个品种以前就没听过,更别说见了,这样的生产方式也开了眼界。"

"在这里务工,从家到基地10分钟不到,有工资有分红,还方便照顾家里面,感谢政府为我们搞了这么好的一个产业。"老屯乡长滩村贫困户龙美对时下的生活很满意。该乡共有514户1440名贫困户,公司每年向贫困户分红72万元,此次分红36万元,覆盖257户720人,每人领得500元,其余的36万元在年底进行分红。

2019年,夏畈镇引导各村从以往的单打独斗向联合发展转变,由全镇12个行政村联合成立公司,利用闲置的厂房发展食用菌产业,充分利用项目资金,放大人力、物力、财力聚集效应,把"产业扶贫、村级集体经济、农业产业化"三大项目糅合在一起。通过这种模式,充分发挥先进带动后进、能人带动穷人、强村带动弱村的效应,产业发展所需的资金数量、人员力量得到了强化,监管力度也得到了加强。

小桥村贫困户吴荣华在秀珍菇基地做门卫,因为有了这份工作,已实现稳定脱贫。"一年固定工资可以到16000多元。有了这份稳定的工作和收入,脱贫后的日子越来越好了。到基地来做工的,还有其他村的好多贫困户呢,都能挣钱。很多村里的妇女不忙家务活的时候,就来菇厂剪菇,一个月下来有近2000元收入,还可以照顾家里的老人和孩子。"

"公司当前以生产秀珍菇为主,2020年计划生产秀珍菇60万—80万包,年产鲜菇40万斤,年销售额350万元。项目自2018年8月启动,至2018年底已生产菇包25万包,开袋出菇10万包,销售收入18万元。2019年上半年计划将剩余15万包菇包全部开完出菇,并计划新生产菇包30万包。每个村级集体经济可增收10万元,将大幅度提高贫困户收入。"负责基地生产的城门村支部书记夏修林说起来也是喜滋滋的。他计划,等村集体经济有了资金,就着手完善村里的基础设施,通过村里的新时代文明实践站举办一些有益的活动。他说"以前没有资金干不成的,现在都可以干起来了。

产业项目

杭州市余杭区帮扶项目分红仪式

有了扶贫产业基地，也为群众搭建了一个很好的平台，他们在这里务工不仅能增加收入，还可以相互交流、增进感情。最关键的是老百姓们改掉了很多陈规陋习，村里打牌的人明显少了，大家从思想上、精神面貌上得到了很大改变。"

在夏畈镇党委书记邓泽举看来："一个扶贫产业，就像一把钥匙，打开了贫困群众的致富之门，也打开了村集体经济的增收之门。随之而来的，是干群之间的关系更近了，干事创业劲头更足了。"为了发展好扶贫产业，夏畈镇拿出了"真金白银"助力，在2018年的基础上，对原有的秀珍菇产业基地进行扩建、扩产，计划年生产秀珍菇60万—80万包。目前，镇政府已垫付50万元用于项目的实施，确保产业项目能够按照生产需要进行实施。产业扶贫既是促进贫困人口较快增收的有效途径，也是巩固长期脱贫成果的根本举措。夏畈镇由"输血式"向"造血式"开发转变，带领越来越多的老百姓走上致富奔小康的康庄大道。

（文／祝芷媛）

民营企业勇当社会扶贫主力军

2019年1月23日，榕江县与阿里巴巴（中国）软件有限公司电子商务发展项目合作协议签约仪式在榕江县举行。榕江县人民政府副县长张树忠、阿里巴巴（中国）软件有限公司乡村事业部（贵州渠道经理）周裕强等人出席，标志着榕江县实现了2019年招商引资工作"开门红"，为新年电商工作开了个好头。

本次合作主要为积极响应国家乡村振兴战略，全力实施好大扶贫、大数据、大生态扶贫措施，拓展电子商务和大数据在农村的服务领域和服务深度，解决农村买难卖难问题，进一步完善农村信息流、物流、资金流等方面的基础设施，建立农村网络服务平台，共同探索开展特色农产品、特色产业发展，全力打造好国家级电子进农村综合示范县。

该项目合作期限为三年，双方共同出资1500万元，其中阿里巴巴（中国）软件有限公司出资1000万元，用于构建农村商业基础设施、农产品上行和人才培养等，协调推进全县电子商务和大数据事业发展。

阿里巴巴作为全球电子商务领域的"航空母舰"，业务和关联公司包括淘宝网、天猫、蚂蚁金服、菜鸟网络、阿里云大数据等核心技术平台，进驻榕江可为全县电子商务和大数据发展起到重要支撑作用，更好地助推脱贫攻坚，决胜全面小康。

大山深处有大爱

杭州积极发挥"中国电商之都""国际旅游城市"和民营企业发达等优势，积极帮助黔东南州搭建和完善产业招商、电子商务、旅游推介、农产品展销、文化会展交流等对口帮扶"五大平台"。积极推动开发区产业园区共建，推进杭州凯里协作产业园、互联网众创产业园等产业平台建设，杭州市萧山区、余杭区等地的国家级经济开发区分别与结对县的经济开发区达成共建合作协议，探索"飞地经济"合作模式，共建产业园区13个，引导入驻园区企业51家，实际到位资金35.29亿元。

对接杭州市的市场优势与黔东南州的资源优势，深化产业合作，推进产业平台建设。黔东南州招商引进华鼎集团、华铁科技、华东医药、尖峰水泥、联合润农、久晟油茶科技、铁枫堂药业等一大批杭州上市公司和行业龙头企业，实现捆绑式发展；大胆探索嫁接浙商创业基因，帮扶本地人创业，以利益联结和吸纳就业等方式带动贫困户，确保广大农户共享产业发展成果。累计通过杭州引导新增投资企业167家，投资额98.03亿元。利

榕江县与阿里巴巴签订合作项目

用浙江农业博览会、中国义乌国际森林茶农博览会、中国国际电子商务博览会、杭州茶博会等各类会展，持续扩大黔东南州"苗侗山珍"知名度，推动"黔货出山"。

黔东南州在杭州13个区（县、市）开设农特产品展销中心，开展进商超、进机关活动，拓宽线下销售渠道；引入阿里巴巴、网易严选、云集、贝贝网等电商龙头企业，线上销售能力不断提升。三年累计帮助黔东南州销售农特产品11.67亿元。2020年五一节，杭州举行电子消费券"消费扶贫"活动，仅用了7天时间，帮助黔东南州新设的淘宝店铺"寻黔记"迅速提升为双皇冠店铺，成交订单6万余笔，销售额达343万元。积极推进两地旅游市场联动协作，以浙江省、杭州市总工会开放对口帮扶地区职工疗休养工作为契机，建立杭州市职工疗养基地13个。黔东南州出台了"一张杭州身份证、免费畅游黔东南"政策，带动浙江游客逐年快速增长。2019年，黔东南州接待游客达88.53万人次，有效助推了旅游扶贫。

杭州加快构建全社会参与帮扶体系

充分调动社会各界参与脱贫攻坚的积极性，形成了党政机关、企事业单位、民营企业、社会组织、市民群众广泛动员、热情参与的社会"组团式"帮扶格局。采取"一帮一""一帮多""多帮一"等形式，大力开展"携手奔小康"活动。

杭州市130个镇街、314个村社结对帮扶黔东南州125个乡镇、414个贫困村，杭州市301家企业结对帮扶黔东南州671个贫困村，杭州市级、县级55家国有企业积极主动参与黔东南州脱贫攻坚进程，累计捐赠资金9983万元，用于开发公益性岗位和资助贫困残疾人。传化集团捐赠2000万元用于建设雷山县、从江县深度贫困村"安心卫生室"160余所；吉利集团投入2000万元建设云尖茶厂；网易严选出资1000万元开展品牌共创脱贫计划，

榕江县2019年首季"开门红"招商引资项目签约仪式

收益全额留存当地并联结贫困户。

　　同时，浙江省、杭州市两级红十字会、滴水公益、杏林天使基金、关爱孤儿基金会、新梦想慈善基金会等多家公益组织赴黔东南州开展助困助学助医助老助残等"温暖之家""贫困助学""圆梦课桌""爱在黔方"等各类帮扶活动，杭州市102家社会组织结对帮扶黔东南州356个贫困村。杭州市"春风行动"助学活动投入600万元对建档立卡贫困户子女就读全日制高校给予一次性生活补助3000元/人。桐庐工商联、萧山青商会等社会组织积极响应号召，主动对接捐款捐物。杭州市社会各界向黔东南州捐赠帮扶资金（物资）累计达5.3亿元。组织开展的黎平县"山凤凰"关爱女孩、天柱县"关爱山区夕阳红"等多种形式的公益活动，引导61名杭州民营企业家到黔东南州担任贫困村"名誉村长"。杭州向黔东南州提供资金、技术、智力等帮扶支持的做法，得到国务院扶贫办的充分肯定。

（文／邹冉）

花卉产业助农增收

"七夕节前三天，我们总共卖出15万元的鲜花，现在花已经被采摘得差不多了。"2020年8月28日，在贵州省黔东南州镇远县青溪镇鸡鸣村马营畈坝区花卉基地里，镇远县黔东农业旅游文化产业发展有限公司总经理周智文告诉笔者。

放眼望去，20多个花卉大棚搭建得整整齐齐。大棚内，绽放的花朵已为数不多，几个工人正在做剪枝工作。

"这一片土地原来种的都是稻谷、玉米，现在大家把土地流转出来，除了可以得到流转费，还可以到基地务工赚钱，贫困户还能享受年终分红。"周智文说。

一个产业能赚三份钱！71岁的贫困户唐有琴便是这样的一员。

"我家流转了8亩地，每年能得8000元。在这干活，一天可以赚70块，一个月下来可以得2000多块。去年我家还得了1万多的分红钱。"唐有琴高兴地对记者算起了收入账，"这两年来有了这些收入，生活确实好过多了。"

2017年，镇远县通过招商引资，引进镇远县黔东农业旅游文化产业发展有限公司到马营畈坝区打造花卉、蔬菜种植示范基地，以花卉产业为核心元素，按照"公司＋合作社＋村级集体经济＋农户（贫困户）"的经营管理模式，引导产业规模化生产，做大做强本地优势产业。

马营畈坝区产业规划面积1900余亩，为了加速产业早日落地生根，惠及群众，几年来，投入了不少资金，加大了不少力量。

2018年度，投入200万元实施鸡鸣村石井育苗基地大棚建设项目，建设连栋大棚7个，共11648平方米。

2019年，第一批杭州对口帮扶项目投入200万元实施镇远县青溪镇花卉种植项目建设连栋大棚6个，共12300平方米。

2019年，第三批杭州对口帮扶项目投入600万元实施镇远县坝区（花卉）种养植项目，建设连栋大棚15个，共30736平方米。

2020年，投入800万元实施镇远县坝区（花卉）种养植项目二期，建设19个连栋大棚，共36000平方米。

"自脱贫攻坚工作持续开展以来，为提高人民群众收入，确保贫困户稳定脱贫致富增收，青溪镇以东西部扶贫协作为契机，以农业产业发展为抓手，以花卉发展为重点的扶贫产业，共获得杭州对口帮扶资金1800万元，实施项目4个，跨区域利益联结全县12个乡镇1600户贫困户1848人，有力的带动了贫困群众致富增收。"青溪镇党委书记成元勋介绍。

通过东西部扶贫协作帮扶，不仅解决了产业发展方面缺资金、缺技术等难题，同时，杭州市还派出专人来基地进行技术指导，提升了人员的技能水平，两地携手，更畅通了产品销售渠道，为青溪镇脱贫攻坚产业发展注入了强劲动力，推动了脱贫攻坚巩固提升与乡村振兴有效衔接。

兴花卉产业，做农旅文章。下一步，青溪镇将围绕"农文旅"发展思路，融合产业统筹发展要求，加大玫瑰花基地建设规模，强化企业扶持和培育力度，力争在"十四五"期间建成潕阳花卉农业产业观光园。

（文／李丽　余欢）

小菌菇"出山不愁嫁"

"今、明、后三天内的货已经被预定了,一共销售40吨食用菌,4块钱一斤,产值32万元。"2020年8月27日,在剑河县剑荣菌业有限责任公司岑松基地出菇库内,看着工人们两手轻轻一折,成把的海鲜菇就脱离出培养料,公司副总经理胡光珂高兴地说。

密密麻麻的海鲜菇整齐摆放满培养架,它们在调好的温度和湿度环境中快速地、不停地生长,工人们上下午不停采摘。

对剑河人民来说,如今这片基地承载着越来越多的希望。

2017年,剑河县将食用菌产业作为"一县一业"发展,围绕"把剑河建成贵州食用菌菌种研发、制种基地"和"将剑河建成全省中高端食用菌

剑河县剑荣菌业有限责任公司公司员工张应婷正在采菇(余欢 / 摄)

在剑河县食用菌工业园区，工人们在包装食用菌培养料（余欢／摄）

生产大县"两个目标发力，引进集食用菌研发、生产、种植、制种、销售等为一体的全产业链的江西荣通农业发展有限公司。

同时，由剑河县农业投资发展有限公司、江西荣通农业发展有限公司分别按49%、51%比例出资共同组建成立贵州剑荣菌业有限公司，作为混合所有制股份企业推动食用菌发展。

"在发展过程中，多亏了东西部协作的大力支持。"胡光珂介绍，2018年7月，杭州市淳安县和剑河县签订食用菌产业园区共建协议，累计投入帮扶资金1.1亿元，为逐步推动建成食用菌产业规模化发展作了巨大贡献。

这座占地240亩，总投资3.8亿元的食用菌产业园自2019年6月建成投产以来，从原料采购、原料配制、菌棒封包、菌棒灭菌到注入菌液、培育菌丝，形成了完整的菌棒生产流程。

"现在主要生产海鲜菇、猪肚菇、袖珍菇、香菇等中高端食用菌。"胡光珂说。

同时，为确保产销畅通，公司借助杭州市淳安县东西部帮扶协助，与杭州淳安商务部门签订"黔货出山"协议，推动剑河食用菌入驻杭州西博会、浙江省农博会及千岛湖品牌农产品馆和千岛湖农贸市场、大型超市和机关食堂。

"每年近1万余吨食用菌远销北京、上海、重庆、广州、长沙、成都、杭州、福州、深圳、南宁、贵阳等国内一二线城市。"胡光珂介绍。

目前，公司拥有6条菌棒生产线，日产秀珍菇、猪肚菇、海鲜菇、黑木耳等菌棒30万棒以上，年产菌棒1.2亿棒，预计年产值10亿元。

作为剑河县"一县一业"食用菌产业的龙头企业，剑荣菌业还采取"政府＋公司＋合作社＋农户"模式，推行就业带动和分红带动两种方式，带动贫困户脱贫致富。

"基地现在用工1000余人，带动群众种植食用菌6000多人次。"胡光珂说，刚开始务工的新员工，按照每小时10元钱算，一天能拿80多元；熟悉后，一个月能拿到四五千元。

"今年4月以来，一个月能挣2000多元，也还是可以的。"公司员工张应婷说。

目前，全县食用菌生产种植规模达1.6亿棒以上，年产值达10亿元，直接带动2万名贫困人口就近就业，人均年收入3.6万元以上，间接拉动4万名以上贫困人口增收致富，为剑河县巩固脱贫攻坚成效坚定了基础。

"下一步，要把产业闭环做起来，做大做强产业，带动更多的人奔小康。"胡光珂说。

（文／余欢　李丽）

市场劳务

岗位送到家门口

2020年6月19日，天气有些闷热，天空还飘着细雨，但黎平县水口镇大斗村刚毕业的贫困大学生姚希美心情十分激动。早上7点，她怀着对未来的美好憧憬，坐上了镇里统一安排的班车前往县城，参加9点在县城举行的黎平县2020年劳务就业扶贫暨高校毕业生专场招聘会。

"前两天，我在村里的就业扶贫微信群看到县里19号举行大型招聘会的宣传海报，有很多岗位在我喜欢的杭州、上海这些城市。我希望能在招聘会上找到心仪的岗位，圆自己的就业梦。"姚希美满脸喜悦地说道。

黎平县2020年劳务就业扶贫暨高校毕业生专场招聘会现场（刘辉／供图）

黎平县2020年劳务就业扶贫暨高校毕业生专场招聘会现场（刘辉／供图）

  这场由黎平县人民政府主办，黎平县人社局和杭州市下城区人力资源和社会保障局承办的招聘会，以建档立卡贫困劳动力、易地扶贫搬迁人员、未就业高校毕业生等各类求职人员为招聘对象，重点解决建档立卡贫困户劳动力、易地扶贫搬迁户劳动力、边缘户劳动力三类群体和高校毕业生就业问题。

  招聘会共吸引了来自杭州、上海、厦门、深圳和黎平县当地的480余家企业参与，共有采摘工、服务员、安保、普工、电焊工、操作工等20多类工种的6200余个岗位。同时，为加强促进高校毕业生就业，还专门提供了新疆生产建设兵团第十四师昆玉市事业单位工作岗位106个。

  "我一直想成为一名人民教师，新疆昆玉的岗位多数是招老师的，门槛不高、待遇好，而且不用笔试，我争取到那边发展。"茅贡镇额洞村的贫困大学生石远明就是奔着昆玉市事业单位工作岗位来的。

  黎平县人社局抓住杭州市下城区对口帮扶机遇，深化劳务协作，通过签订劳务协作框架协议、设立劳务联络站等方式，加强与杭州、上海、广州、贵阳等主要劳务输出地的政府部门、人力资源机构、用工企业开展劳务合作，获取用工信息，并通过大数据比对和匹配，确保招聘岗位的行业类别紧贴群众需求，高、中、低端岗位数量安排合理，为提高招聘实效打下了坚实基础。

"人社局充分发挥驻村第一书记、网格员、帮扶干部紧密联系群众的优势，扎实做好农村未就业劳动力就业意向采集工作，建立专门的工作台账，将群众意愿的行业岗位、就业区域、预期收入等关键要素进行全面统计，全面掌握群众就业需求。"黎平县人社局局长周明锋介绍。

2020年以来，黎平县成立由县委书记、县长担任双组长的就业扶贫工作领导小组，在县、乡、村分别成立劳务合作总社、劳务合作联社、劳务合作社，实行"县级统筹、部门联动、乡镇主体、村为重点"的运行机制，强化精准采集、精准动员、精准培训、精准就业和精准服务五大举措，全面打通"八个一批"就业渠道，高位推动有组织劳务输出和就近就地就业工作，取得了积极成效。

截至2020年6月19日，黎平县已助推24.54万人稳定就业，全面实现"零就业家庭"动态清零和"一户一人以上就业"目标。

（文／李丽　刘辉）

招聘会上找到了"岗位"

2020年6月21日上午,阳光和煦,凯里市白午广场上热闹非凡,150余家企业招聘展台有序排开,凯里市2020年有组织劳务就业扶贫暨东西部劳务协作专场招聘会正在火热进行。

这场"保就业、稳脱贫、促发展"凯里市2020年有组织劳务就业扶贫暨东西部劳务协作专场招聘会,由中共凯里市委、凯里市人民政府主办,凯里市人社局、市扶贫办(市移民局)、黔东南高新技术开发区人力资源局、白午街道办、白果井街道办承办。

现场,凯里市各镇(街)组织的一辆辆免费就业大巴相继开来,有就业意愿的贫困劳动力、易地扶贫搬迁劳动力、离岗返乡农民工、城镇失业人员共5000余名群众纷纷前来参加招聘。省内外150余家企业现场提供了6500余个涉及建筑建材、旅游餐饮、电子信息、生产加工、现代物流等多个领域的就业岗位。

"我一大早就乘坐白果井街道办给搬迁户们安排的车辆,前往白午街道参加招聘会。"来自镇远县报京乡唐文说。2018年底,他随同父母一起搬进凯里市东出口移民安置点生活,成为凯里市的新市民。

"一直以来,我家的家庭收入主要依靠父母的低保,以及我打零工的收入。去年父母相继去世,我的生活也更加艰难。"唐文说。

为了能够在城里实现就业,2019年6月份,唐文参加了白果井街道办及市扶贫办组织举办的培训班,学习护理技能并成功结业。来到白午街道的招聘会现场,唐文把目标重点放在护理岗位上。

凯里市2020年有组织劳务就业扶贫暨东西部劳务协作专场招聘会现场

可在现场转了一圈又一圈，唐文并没有发现适合自己的护理岗位，最终，他在双喜炜益制衣有限公司的保安岗位上作了登记。该公司负责人说，唐文之前没做过保安工作，公司将首先安排培训，培训合格后立即上班。

"做保安也挺好的，有工作就不会整天无所事事，以后有机会再去找护理方面的工作。上班了就有稳定的收入，我要和女朋友结婚，我们已经认识半年多了，我要和她一起把生活越过越好。"谈到以后的幸福新生活，唐文充满信心，笑容灿烂。

为了办好此次招聘会，凯里市委、市政府高度重视，专门制定了《凯里市2020年有组织劳务就业扶贫专场招聘会活动实施方案》，各镇（街）根据方案及时将招聘会活动举行信息、企业招工岗位信息等推送给有需求的劳动人员，通过用工企业与应聘人员面对面交流，提高招聘意向达成率。据凯里市人社局统计，截至当天13时，共有1908人与企业达成用工意向，其中贫困劳动人员1526人。

一直以来，凯里市委、市政府高度重视就业工作，特别是建档立卡农村贫困劳动者转移就业工作，始终把就业扶贫工作作为头等大事来抓，

凯里市2020年有组织劳务就业扶贫暨东西部劳务协作专场招聘会现场

相继出台《凯里市就业扶贫劳务输出协调方案》《凯里市东西部劳务协作实施方案》，通过持续强化问题导向、目标导向，加强组织领导，精准施策，用活市场手段，做好劳务输出，完善就业培训。全市就业机制不断健全、就业站点不断拓展、就业基础不断夯实、就业办法不断创新，推动脱贫攻坚与扩大就业良性互动。

"今天的招聘会在很大程度上解决了贫困劳动力的就业问题，效果十分明显。今天只是一个开始，下一步，凯里市还将继续加大力度做好跟踪服务，促进更多的劳动力就业，持续巩固凯里市脱贫攻坚的成果。"凯里市扶贫办主任凯群莉如是说。

2020年，凯里市通过免费包车、专列等形式，有组织劳务输出2201人，其中，贫困劳动力352人。截至2020年6月21日，凯里市建档立卡贫困户16014户61476人，其中贫困劳动力家庭14050户31956人，实现就业14050户29997人，就业率为93.87%；易地扶贫搬迁10028户44176人，劳动力家庭9751户23788人，实现就业9751户23152人，就业率为97.33%；边缘户889户2955人，劳动力家庭661户1070人，实现就业661户1023人，就业率为95.61%。经全省贫困和易地扶贫搬迁劳动力第一轮、第二轮就业信息摸排，凯里市无"三类零就业家庭"，基本实现"一户一人以上就业"目标，有效地巩固了凯里市脱贫攻坚成果。

（文／李丽　杨骥　龙安涨　杨胜章）

"一班两送三心服务"

"我已到家了,感谢政府的关心和帮助!"

2020年4月,在浙江省建德市当了20多天采茶工的周仁桃和34名同伴一起,乘坐建德市组织的免费大客车,回到了家乡贵州省岑巩县。当天,她用手机给千里之外的岑巩县驻建德市劳务联络工作站副站长周良兴发了这条感谢信息。

"在建德采茶200元一天,包吃住;还有专车免费接送,一共挣了4400元。"周仁桃高兴地说。

就业问题,一头牵着千家万户,一头连着社会经济。

依托东西部扶贫协作机遇,岑巩县与建德市深化东西部劳务协作机制,聚焦有组织劳务输出转移、技能提升培训、就业服务能力建设等,探索推出"一班两送三心服务"就业扶贫协作新模式,让岑巩县贫困劳动力捧牢就业脱贫的"饭碗",确保高质量就业和持续稳定增收。

共建精准扶贫"现代学徒制订单班"

"太想回到学校了,都在家快呆发霉了。"

2020年初,因新冠肺炎疫情影响,学生无法正常到校上课,经历"超长假期"的黄钦坪早已焦躁难耐,返校的心情迫不及待。17岁的黄钦坪,是水尾镇长坪村白沙溪村民。多年前,父母早逝后,他靠着伯父教授的传统人工造纸手艺艰难生活。

2019年8月，初中毕业的黄钦坪，没能考上理想的高中。在老师的推荐下，他被建德市工业技校录取。通过政府统一包车，集中出发，黄钦坪和来自岑巩县各乡镇的49名初中毕业生（其中建档立卡贫困户有26人），在岑巩县人社和教育部门统一护送下，一起到了千里之外的建德市工业技校继续求学，成为"现代学徒制订单班"的首批学生。

在东西部劳务协作工作机制下，2019年，岑巩县与建德市的人社部门精准对接，围绕培养中高端劳动力技能技术人才，抓住化工企业把技术人才培养"端口"前移的机遇，落实精准帮扶，面向岑巩县初中毕业后未能继续升学的贫困学子，按照"企业出资、学校培养"方式，创新采取"1034"模式（即由建德市10家规模较大、效益较好的企业出资，通过国家级重点技工学校建德市工业技校定向培养3年，共建精准扶贫"现代学徒制订单班"；学生毕业后安排在签约企业工作，最低工资每月不低于4000元）。

"我校'现代学徒制订单班'的学生，学校免费提供住宿，承担每学期3000元的学费；10家企业为定向培养的学生每人每月提供900元的生活补贴，每学期为学生缴纳300元学杂费，每年为学生报销两次回家路

岑巩县欢送"现代学徒制订单班"学生到建德就学（岑巩县人社局/供图）

费。"建德市工业技校校长方腾说。

"读书有补助，生活有补贴，毕业有工作。"建德的求学生活，为黄钦坪点燃了生活的新希望，"现在，我只想好好读书，以便今后能更好地适应工作岗位，更好地回报家乡和社会。"言语间，黄钦坪的脸上满是笑容。

建德市人社局副局长蓝建荣介绍："下一步，我们将继续加大宣传力度，扩大"现代学徒制订单班"规模，拓宽与需要企业的合作深度，加强校企双方联动，努力提升教育教学质量，全力提升技能人才能力素质，实现企业得人才、岑巩贫困家庭'入学一人、就业一人、脱贫一家'的双赢局面。"

缔结东西部扶贫协作"就业纽带"

"这个工作不难，每月工资有4000元以上，还包食宿，我们就报这个岗位吧。"

在岑巩·建德2020年东西部劳务协作专场招聘会上，44岁的注溪镇哨坪村村民龙大华和朋友一起在杭州特斯林网业公司的招聘处报了名。

此前，龙大华一直在外务工。2020年，受新冠肺炎疫情影响，龙大华只能在县内易地扶贫搬迁安置点附近打零工，工资收入不高。

"感谢党的好政策，现在找到了好工作，心里踏实多了。"建德的"千里送岗"，让龙大华吃了颗"定心丸"，感激和喜悦之情溢于言表。

就业是最大的民生，企业是吸纳就业的主体。为精准做好岑巩县就业扶贫工作，建德市与岑巩县两地人社部门缔结东西部扶贫协作"就业纽带"。建德市人社部门与岑巩县驻建德劳务联络站精准筛选企业，深挖企业就业潜力，精准摸排用工需求，并与岑巩人社部门通力协作，根据建德市企业的用工需求和岑巩县贫困劳动者的就业需求，精准对接劳务，着力为岑巩县"零就业"贫困家庭搭好"就业桥"、铺好"增收路",实现企业复工复产稳经济、百姓就业扶贫稳增收的双赢。

从2017年省、州加大东西部劳务协作工作力度以来,建德市、岑巩县先后协调收集就业岗位3200余个,组织企业深入岑巩县易地扶贫搬迁小区、乡镇开展各类专项招聘活动18场次,岑巩县有组织输送到杭州市和建德市就业人员共1034人,其中稳岗就业3个月以及一年以上贫困劳动力625人,并在杭州市建立了10个劳务输出基地,帮助岑巩贫困劳动者转移就业、稳定就业、增收脱贫。

外出务工"有岗"保障,在家创业"有技"傍身。结合岑巩人力资源现状和产业发展需求,建德市人社部门还充分发挥服务技术人才作用,以"实现稳定就业、促进持续增收"为核心,着力授技援岑,提升岑巩县农村劳动力就业创业能力,推动农民工走上就近就地就业、稳定长效增收的"快车道"。

"2018年,建德市邀请浙江省级蚕桑种养殖专家组成授课团,携带桑苗蚕种千里奔赴岑巩县,为岑巩县天星乡125名建档立卡贫困劳动力开展为期15天的蚕桑种养殖技能培训。2019年以来,建德市组建了16人的民间养蚕能手技术团队来到岑巩县,分片区、点对点,对全县种桑养蚕农户开展现场教学和技术指导。"岑巩县农业农村局农业技术推广站副站长诸葛翀说,在建德市的帮扶下,岑巩县以天星乡为核心,初步建立了县、乡、村三级联动的网格化技术服务体系,种桑养蚕产业已实现技术指导全覆盖。

如今,岑巩县以天星乡为试点,共辐射带动该县发展蚕桑7070亩,涉及大有、天星、龙田、羊桥、凯本5个乡镇800余农户,种桑养蚕产业已成为岑巩县绿色兴农、强村富民的"新引擎"。

让转移就业放心、舒心和安心

"决定就在这里干到退休了。"

交谈中,38岁的注溪镇哨坪村村民杨艳笑声爽朗,高兴之情溢于言表。而夫妻俩在来到建德市中策橡胶公司之前,曾到广东、福建等地打过工,尝尽了艰辛与心酸:"以前,平均一个月至少要上26天班,每月工资只有4000元左右,还经常被拖欠。"一家人的生活过得十分拮据。

2018年,杨艳的爱人肖刚参加了建德市组织企业到岑巩开展的招聘活动。建德与岑巩两地人社部门采取点对点直达包车、高铁集中运送到岗的方式,将肖刚等到建德务工的人员陆续分批送出家门、送上车门、送进厂门,肖刚成为建德中策橡胶公司的一名员工。

"饮食吃不惯,岗位不适应,害怕拿不到工资。"刚在中策橡胶有限公司上班没多久,肖刚就产生了离职的想法。

建德市人社局和劳务工作站的工作人员得知肖刚的情况后,多次与公司人力资源处负责人沟通协调,解决了岗位轮转的问题。随着技术的熟练和心态的转变,肖刚的工资也越来越高,他决定留下来,并把妻子杨艳也带到建德一起工作,现在夫妻俩在公司一个部门上班。

"公司给我们分配了夫妻宿舍,安装了空调,免水电费。现在,我们平均每个月只上20天班。扣除五险一金,我们俩月收入稳定在1.1万元左右,而且工资都是提前或按时发放。"对现在的生活,肖刚很满足。

就业是民生之本,也是经济发展的"晴雨表",社会稳定的"压舱石"。

建德市与岑巩县两地的人社部门结合建德市企业所需和岑巩县劳动资源现状,在引导岑巩县劳动力转移就业的同时,着力抓好就业服务提升工作,推出贴心、爱心、关心"三心"服务。如建德市企业到火车站接站,提供免费工作餐,企业专车接送,提供床上用品、毛巾、脸盆等生活用品；建德市与岑巩县两地的人社部门多次到中策橡胶（建德）有限公司等用工企业看望岑巩务工人员，了解务工人员思想动态，主动关心务工人员生活、工作等各类问题，促进岑巩县劳动力在建德市留得住、呆得下、稳增收。

"在这里务工，感觉就像在家里一样亲切温馨。"杨艳说，"现在的工作虽然也辛苦，但国有企业待遇有保障，服务周到，工作放心、舒心和安心。"

2020年，岑巩县有组织输出新增到东西部扶贫协作帮扶城市就业926人，就近就业2043人，帮助岑巩县贫困劳动力就业创业率实现84%以上。

"近年来，利用东西部扶贫协作帮扶机遇，我们县通过建立劳务联络站、劳务输出基地和稳岗服务机制等，努力为转移就业人员提供更加优质的岗位、更加舒适的工作环境，落实和兑现相关保障措施，让我们的劳务输出人员更加安心地工作。"岑巩县人社局副局长杨纯说。建德市的帮

2020年岑巩县赴建德市务工人员合影（岑巩县人社局／供图）

扶,将岑巩县就业脱贫的战场延伸至千里之外,增强了岑巩县劳动力的"造血"功能。"今后将围绕有组织劳务输出、'现代学徒制订单班'等,进一步巩固好劳务协作成果,将协作的纽带连得更紧。"

(文/李丽 周燕)

7万多名农民工乘专机专列返岗就业

发口罩，测体温，登记，扫码，拿食物，有序进站……

2020年2月20日下午，来自黔东南州各县、市的1102名返岗务工人员乘坐免费专列从凯里高铁南站前往杭州。同一天，还有147名黔东南州的务工人员乘坐免费专机，从凯里黄平机场飞往杭州。总计1249名通过专列专机输送到杭州务工的人员中，有贫困劳动力368人。

在凯里高铁南站现场，务工人员们脸上洋溢着即将复工的喜悦。"非常感谢政府用专车把我们从家里接到高铁站，现在还用高铁送我们去上班，给我们省了很多麻烦，特别感谢政府的帮助。"家住凯里市碧波镇的彭方丽高兴地表示，在政府的帮助下，终于可以返岗上班了，她非常高兴。

黔东南返杭复工人员正在在排队候车（黔东南州人社局／供图）

按照贵州省复工复产部署要求，黔东南州将劳务输出作为复工复产的一项重要举措，积极与对口帮扶城市杭州市联系，加强新冠肺炎疫情防控期间劳务协作，通过开通专列、专机的方式，统一免费组织务工人员到杭州就业。

出发前，黔东南州各级人社部门通过微信、QQ、短信等方式，及时将开通专列专机的信息精准地推送给从杭州返乡的务工人员，积极做好人员统计、思想发动、疫情防控知识宣传、健康检查等工作。同时，各县人社部门通过安排专车、发放口罩、专人护送的方式，准时安全地将务工人员送到飞机场、高铁站。

"请大家拿好手里的身份证和车票，看看自己是哪个车厢的？别站错位置了！1—3号车厢的，请往这边来。"在凯里高铁南站的站前广场上，背着行囊的务工人员在车站、公安等部门工作人员的引导下，有序地进站乘车。

"我们从接到通知就开始做准备，包括对接人数、进站验票、打印上车旅客车票信息单、组织人员体温监测等各种环节都做好了严密的方案，确保更好地为这些返岗民工提供服务和安全保障。"凯里车务段凯里南站助理工程师田春梅说。

进站前，黔东南州人社局工作人员向民工们一一发放了新的医用口罩，并为他们准备了路上需要的水、八宝粥、面包和饼干等。

"我们一家四口都接到了通知，政府统一安排送我们回杭州，心里面真的太激动了，太感谢政府了。"家住凯里市炉山镇的田锦军和爱人都在杭州打工，两个孩子也都在杭州上学，"家里面的收入都靠我们打工，疫情发生后一直不能回去，我们在老家比较着急。这一次，政府统一安排我们免费坐高铁回去，车费都省了2000多元。我们回去以后一定要好好上班，回报这么多关心我们的人。"

市场劳务

返杭复工人员在凯里黄平机场登机（黔东南州人社局／供图）

新冠肺炎疫情期间，黔东南州在加强疫情防控工作的同时，积极采取措施加强劳务输出工作。在专列专机向杭州市输送务工人员的同时，还通过政府包车、专人护送的方式开通"战疫情、稳就业"直通车，分批、安全有序地向宁波、广州、东莞、深圳、贵阳等黔东南籍务工人员集中的城市输送务工人员。截至2020年2月19日，黔东南州组织返乡务工人员外出就业7.68万人（其中省外4.24万人、省内3.44万人），其中贫困劳动力1.85万人。

（文／陈丹　李卓檬　李丽　顾菲）

协作不忘残疾人

"共产党真正的好，时刻都不忘我们残疾人，不光在政策上给我们大力倾斜、多方的照顾，还协调浙江的企业到我们山区来投资，让我们受益。"贵州省黎平县地坪镇滚大村残疾人陈固优华收到分红资金后，逢人便夸。

2018年底，黎平县中潮镇举行东西部扶贫协作大棚蔬菜项目利益分红仪式。此次分红涉及三个乡镇（中潮、洪州、顺化）392位贫困残疾人，分红金额共计19.6万元。分红仪式上，每个贫困残疾人分别收到了500元的利益分红，领取到分红资金的贫困残疾人脸上洋溢着灿烂幸福的笑容。

为强力推进残疾人脱贫攻坚工作，黎平县将残疾人纳入东西部扶贫协作重点兼顾对象，从东西部扶贫项目资金中列出1388万元作为残疾人在企业的投资资金，帮助残疾人找到"生财"之路。按照"保脱贫，促增收，富家庭"的原则，在项目中，优先考虑建档立卡贫困户残疾人家庭和二级以上非贫困户重残家庭，确保受益对象得到稳定收入。明确县残联负责东西部扶贫协作项目残疾人利益联结的对口衔接，对投资企业进行筛选和甄别，确定黎平县德凤街道轻质白羽蛋鸡养殖基地和黎平县高屯街道中药材示范种植基地为承接东西部扶贫协作扶贫项目残疾人利益联结企业，并与企业商定利益联结机制，确保资金安全。按照属地管理原则，由镇（乡、街道）与每一个受益对象签订《东西部扶贫协作项目贫困残疾人利益联结协议书》，让受保障对象吃上"定心丸"。

到2019年11月底，承接东西部扶贫协作项目残疾人利益联结的企业按照利益联结机制的约定,已兑现年度残疾人分红资金58.75万元,并拨付到县残联。县残联按照签约人数,及时将分红资金发放到残疾人手中。此次利益联结分红,惠及11个乡镇1175名残疾人。

榕江县推出"四个一批"政策帮扶残疾人。一是产业项目联结一批。东西部扶贫协作产业项目利益联结向残疾人倾斜,共利益联结全县936名贫困残疾人。二是国企结对带动一批。市、县两级国企与榕江县30个深度贫困村结对,共投入帮扶资金536万元,开发公益性岗位为有劳动能力残疾人提供就业,并按照每人每年3000元的标准资助了177名贫困残疾人。三是就业创业解决一批。两地联合实施残疾人帮扶项目,在车江大坝创建60亩残疾人就业扶贫基地,由杭州市桐庐县残联筹资30万元,组织33户易地移民搬迁残疾人家庭认领地块,并进行蔬菜种植。同时,出台扶持政策,支持和鼓励残疾人依靠劳动脱贫。四是社会力量帮扶一批。桐庐县投入了大量社会帮扶资金,优先向贫困残疾人倾斜。杭州市工商联企业家公益委员会、浙江金鹭集团等一些知名社会组织和企业纷纷助力,为榕江县残疾人捐赠康复器材、诊疗设备等,价值超过100万元。

水口镇贫困残疾人利益联结分红现场

黔东南州广泛动员杭州社会各界力量积极参与黔东南州脱贫攻坚进程，集众心、聚众智、合众力，着力统筹推进，创新工作更加突出。为如期打赢攻坚战注入强大动力——实施助残精准脱贫，通过项目利益联结优先覆盖残疾人，公益性岗位吸纳就业优先录用残疾人，创建残疾人手工艺品扶贫车间，专项捐赠资金资助无劳动能力贫困残疾人，带动贫困残疾人12605人。

（文／祝芷媛）

从"输血"转向"造血"

扶贫工作，从"输血"转向"造血"，人才正是扶贫"造血"最急需的"干细胞"，也是长久脱贫的关键。

杭州市在黔东南州，通过一系列的"订单式"技能培养和医疗人才培养计划，让贫困人口接受技能培训，激活内生动力，提高其职业素养和劳动技能，从而实现脱贫致富，正在成为"杭州式"扶贫的生动注脚。

带人"出山"送智"下乡"

2019年10月10日，浙江省美容美发职业技能竞赛在杭州举行。在上百位的参赛选手中，一位红衣女子尤为引人注目。她叫魏登华，来自黔东南州丹寨县。

2019年5月，魏登华到杭州参加东西部劳务协作花都美容美发技能培训班，在完成培训并获得国家职业资格证书后，顺利在杭州实现了就业。在这次比赛中，魏登华脱颖而出，获得"浙江省青年美容名师"称号。

在杭州，跟魏登华一样，通过对口帮扶来杭州就业并闯出一片天地的人不在少数。杭州市人社局公布的一组数据显示：2019年上半年，黔东南州有2508人来杭就业。

与此同时，杭州打造了"总站＋分站＋企业＋联络员"的劳务协作工作体系，在黔东南建立了"1＋16"工作站，并开发了劳务输入基地、扶贫车间基地两大基地，进行"订单培训"、技校培养、创业培训。

在这套体系下,背井离乡来杭就业的人,逐渐闯出了一片小天地,形成了一个个颇有口碑的品牌,如"花都美容""丹寨宇视班""吉利成蝶定向班"……

因人因需开展技能培训

"我还想学习下厨师方面的技能,要是能请到老师现场讲课就好了。"

"我听说焊接工的工资比较高,能不能帮我们开展相关技能培训。"

……

2019年底,台江县施洞镇良田村的村民活动室内,一场关于技能培训的讨论会正在进行,村民们争先恐后的向驻村第一书记杨长辉和村干部反映自己想学的就业技能,场面十分热闹。

杨长辉和村干部们一边将村民们反映的情况逐一记录在本子上,一边介绍起良田村的情况:全村625户2635人,共有建档立卡贫困户249户1002人。最近几年,村里通过开展就业技能培训,帮助不少村民们走出大山,通过在外务工脱贫致富,生活过得越来越好。

"过去,到了冬季农闲时期,村民们便待在家里,唱歌、喝酒、跳舞,既白白浪费了时间,又没赚到钱。"杨长辉说,"这几年,我们挨家挨户上门做工作,大家的思想逐渐开始转变。特别是看到部分村民在外赚到钱后,剩下的村民积极性更高,现在都是争着参加技能培训。"

为了帮助更多村民就业,杨长辉和村干部们收集了大量的用工需求,并分析、整理了外地用工的种类、人数、待遇等。然后,结合村民们的实际情况和意愿,有针对性地开展就业技能培训,帮助全村近921名的村民在外找到了工作。

凯里市三棵树镇摆底村村民潘年冬,通过参加新型农民职业培训,仅用一周的时间就完成了厨师培训,并在帮扶干部的帮助下成功就业。如今，潘年冬每月工资4000元以上，2017年就已脱贫了。

近年来，黔东南州在各村寨进行逐户逐人摸底排查、精准掌握贫困劳动力基本情况、就业情况等信息，因人因需组织开展定向型、订单型、输出型、扶智型等"四型"全员培训，大力提高劳动力转移就业能力。2019年以来，黔东南州共开展贫困劳动力全员培训94310人次，培训后实现就业创业64090人，培训后初次就业率为72.36%。

同时，以杭州对口扶贫帮扶城市等经济发达地区为重点，建立岗位信息数据库，促进输入地用工需求与输出地劳动者就业意愿相结合、本地培训资源整合与外地培训资源优势相互补。2019年，黔东南州与杭州联合举办劳务协作培训班107期，培训4058人。

开展致富带头人培训班

为进一步加强东西部扶贫协作项目，做好杭州市萧山区与从江县扶贫协作工作，全面提升从江县农村致富带头人的农业生产技能水平，适应从江县农业产业结构调整需要，从江县开展了2019年致富带头人培训班。

此次培训由萧山区农业农村局全额出资帮扶，从江县农业农村局负责

从江县举办致富带头人培训班

承办，培训时间为期3天，培训对象共100人，其中从江县创业致富带头人81人、乡镇农村服务中心农技推广员和县农业农村局农技推广员19人。

培训由贵州大学旅游与文化产业学院博士、教授罗阳，杭州市萧山区农业农村局高级农艺师贾明，贵州大学管理学院博士、教授王军担任主讲师。培训过程中，他们以通俗易懂的语言为学员讲解了农村家庭农场规划、乡村振兴战略、乡村旅游发展等知识。通过借鉴其他地区实施乡村文化旅游转型的成功案例，再结合从江特色，把农业、农村和农民有效地结合起来，只为让所有学员听得懂、能运用。

学习组实地考察了丙妹镇滚玉千亩果园、从江县九乡米业、中科百香果基地，让学员与基地工作人员相互学习交流，探讨生产过程中出现的问题以及合作意愿。通过这次培训，提升了农村致富带头人技能素质，让致富带头人成为引领群众创业发展、带领群众共同致富的新型农民、农村致富骨干力量！除从江县外，黔东南州的其他县也纷纷举办致富带头人培训班。

麻江县东西部扶贫协作2019年贫困村创业致富带头人培育助力脱贫攻坚集中培训在贵州振华职业技术学校培训基地开班。此次参加培训的65名学员来自麻江县36个贫困村，培训内容为大棚蔬菜种植、养猪、养鸡等实用技术和电商运营等，培训分为7天理论学习、1天创业辅导和2天实地考察三个部分。

榕江县2019年第一期贫困村致富带头人培育项目"种桑养蚕与花椒种植管理"培训班于4月21日开班，共集中培训10天外加加6个月的创业辅导，参训学员共有50人。此次培训重点围绕种桑养蚕、花椒种植展开培训，形成"教育培训＋创业服务＋政策扶持＋带动创业"的"四位一体"扶贫致富带头人培育体系，着力培养一批有文化、懂技术、会经营的贫困村致富带头人队伍。

黄平县2019年东西部扶贫协作农村致富带头人培训班，在杭州市拱墅区东西部扶贫协作帮扶资金的支持下，由黄平县扶贫办主办，中共黄平县委党校承办。来自各镇村"两委"成员、种植养殖合作社负责人，家庭农场主、从事农产品销售创业者等农村致富带头人共101人参加此次培训。

自杭州市与黔东南州两地建立结对帮扶关系以来，双方多次开展培训交流，杭州市在帮助黔东南州开展各领域人才培训工作上聚焦重点，注重实效，通过科学有效的谋划和强有力的人才资金支持，整合多方资源，帮助黔东南州培养了一批扎根农村、发展农业、脱贫致富的后备人才，加快了脱贫增收步伐。

（文／邹冉）

"小车间"的"大作为"

"以前,我们除了种地,就是外出打零工,干的活很累还挣不了多少钱。现在,在家门口的扶贫车间上班,一个月轻轻松松就能挣2000多元,真的很不错!"正在缝纫机前缝制工装的向春芝怎么也不会想到,种了半辈子地的她,如今也成了"上班族"。

就业"小车间",实现扶贫"大作为"。在深入推进脱贫攻坚工作中,施秉县以就业为抓手,围绕"就业一人,脱贫一户"的目标思路,积极加快打造以就业扶贫车间为主要载体的就地就近就业的脱贫模式,让贫困群众在家门口就业,实现"挣钱、顾家两不误"。

施秉县现有南官营及飞凤两个易地扶贫搬迁安置点,截至2020年6月已安置1681户7942人。在社区就业扶贫车间春燕服装厂,工人们正忙着剪裁、缝衣、整烫、包装等制衣工作,一派忙碌的生产景象,而厂里的工人大多都是搬迁群众。

来自施秉县白垛乡石家湾村的李正琴一大早就起床,做早餐、送孩子上学、给老人喂好药,忙完这一切,她出门不到10分钟就到达了设在小区的扶贫车间。"早上就像打仗一样,虽然累点,但能照顾孩子、老人,还能找到一份工作,蛮好的。"她说。

杨春兰是施秉县城关镇的一名建档立卡贫困户,原来在外务工,孩子上学、照顾老人一直是她的"心病",扶贫工作队在走访中了解到这一情况,立即动员她到扶贫车间工作。"有这么好的事?"一开始,她还不相信。工作人员就带她到车间参观,并介绍相关扶持政策。"一个月保底也有2000多块钱的收入，一家人的生计没问题。"谈到未来，她信心满满。

2019年以来，在东西部扶贫协作城市杭州市临安区的帮扶下，先后投入资金960万元，建成就业扶贫车间11个，实现了施秉县2个易地扶贫搬迁集中安置点扶贫车间或产业扶贫项目全覆盖，真正让贫困户在家门口成功实现就业。

"吴姐，到学校接孩子时帮忙把我的孩子一起接一下，我手头上的事一时放不开，谢谢了！""好的，放心，一定安全送到家。"张文碧笑道。在扶贫车间工作的人都是乡里乡亲的，哪家需要帮个忙、谁的工作需要搭把手，大家都会伸出援手，整个车间就是一个温暖的大家庭。

近年来，施秉县结合县情，按照"党建引领、组织带动、党员示范、惠及群众"的思路，坚持抓突破、补短板、培亮点，大力探索和推广扶贫车间模式，围绕脱贫攻坚打造扶贫车间，大力提升贫困户的"造血"功能，让他们身怀一技之长，在家门口实现就业增收，推动扶贫车间高质量发展，凝聚脱贫致富新合力。

截至2020年夏，施秉县已建成的11个就业扶贫车间有就业人员共992人，其中建档立卡贫困人员423人、非贫困户人员569人，人均工资在2600元左右，带动1000余人就近实现就业增收。同年，杭州市临安区还将提供帮扶资金205万元，新建扶贫车间5个，切实帮助贫困户实现就近就业增收，真正实现搬得出、稳得住、有收入的目标，确保如期完成脱贫攻坚收官年各项目标任务。

"我觉得，在这里工作非常好，离家又近，5分钟左右就到了，工作比较轻松，还能兼顾家庭，一个月还能有2000—3000元的收入。"谈起收入和现在的生活，来自施秉县双井镇把琴村的龙明莲笑得合不拢嘴。

2019年11月11日，由杭州市临安区对口帮扶实施、总投资200万元的2019年第二批黔香米业大米精加工扶贫车间项目分红仪式在施秉县马号镇黄古村、平扒村举行，项目管理方施秉金园投资有限责任公司将10万元分红资金发放到200余户贫困群众手中，户均分红500元。

该扶贫车间项目从2019年8月开始，由施秉金园投资开发有限责任公司与贵州施秉黔香米业合作共建，以优质水稻种植、加工、销售为主，以糯小米产品为补充，以稻田鱼养殖为外延的综合扶贫产业生产项目。按照项目合作协议，施秉金园投资有限责任公司收取设备租金用于联结当年县内建档立卡贫困户并作为项目分红资金。

建成后的扶贫车间项目，由黔香米业公司提供扶贫就业岗位和组织农户（含贫困户）签订水稻保底采购合同带动等方式助推脱贫攻坚，接纳贫困户直接就业人数4人以上，人均工资收入超2万元/年，公司每年支付临时务工人员工资15万元以上，按人均收入4000元，可带动贫困户35人稳定脱贫；可利益联结建档立卡贫困人口200人，年保底分红资金500元/人以上；水稻采购定单社会采购值年计划2600万元，其中保障建档立卡贫困户订购合同110户以上户均增收达3000元，为脱贫攻坚"双清零"任务助力推进增添活力。

"一只、两只、三只……"在南官营社区的口罩生产车间里，工作人员们穿着统一的消毒防护服、佩戴口罩、戴着手套正在流水线上忙碌，生产一次性口罩。这是位于贵州省黔东南州施秉县易地扶贫搬迁集中安置点的口罩生产车间，这条口罩生产线是由对口帮扶施秉县的杭州市临安区所捐赠。

"我以前在家只能做家务，现在在小区里就能上班，一边挣钱一边照顾家人，我会努力工作，好好挣钱，把日子过得越来越好。"何明敏说。

施秉县南官营社区贫困户何明敏父母均为残疾人，为了生活，丈夫出外打工。留下来照顾老人和孩子的何明敏自从在口罩生产厂就业后，短短的时间内，就从一名农村妇女转变成为一名产业工人。现在她当了组长，负责员工的技术指导工作。

"产业发展和就业是一个地方群众持续增收，脱贫致富的根基，我们借助东西部扶贫协作契机,围绕县域主导产业,打造一批富有特色的农产品种养基地,建设一批劳动密集型的扶贫车间,帮助老百姓提供持续稳定的增收渠道。"杭州市临安区驻施秉县东西部扶贫协作组组长王凯说。

产业兴才能带动就业旺。脱贫攻坚重在"造血"功能,产业是最有力的支撑。2018年以来,施秉县大力建设扶贫车间项目,共成立11个扶贫车间,利益联结400名贫困户,人均分红500元,吸纳了423名贫困户进入扶贫车间就业,年人均增收4000元以上。

(文/祝芷媛)

扶贫车间在黎平"开花结果"

鸟语蝉鸣的夏日清晨,杨兴桃早早地起床出门了,自打成为一名"上班族"后,她的生活变得规律又充实起来。

从新家出发,不过几分钟的路程,杨兴桃就到了位于黎平县龙形街道杭黔扶贫协作产业园区的贵州依尔丹皮具有限公司。她在这里上班快两个月了,已经能熟练操作皮包制作机器,月收入也达到了3000元左右。

贵州依尔丹皮具有限公司是创建在移民社区内,专门为搬迁群众提供就业岗位的就业扶贫车间,主要经营皮具生产,是劳动密集型企业。

"我们公司自2020年5月起开始正常运营,吸纳有40多名移民群众在公司上班,随着订单的增加可以容纳180人就业。"贵州依尔丹皮具有限公司负责人石明说。公司能迅速在移民社区落地投产,得益于政府及时为其提供了45万元的创业担保贷款,并免费贴息三年。

从黎平县洪州镇赏方村搬迁到龙形街道的杨兴桃从公司开始运营时便幸运地上岗了,"我家有两位老人和两个小孩需要照顾,在离家不远的就业扶贫车间找到工作,收入也不低,非常满意了。"杨兴桃高兴地说,"扶贫车间是好政策。"

扶贫"小车间" 民生"大实事"

创建创办就业扶贫车间,让无法外出务工的贫困群众"足不出村、居家就业、就地脱贫",被黎平县连续两年纳入了十件民生实事之一。

为了把这件实事办好,黎平县成立以县委书记、县长为双组长的就业扶贫领导小组,把充分落实就业惠民政策作为帮助贫困群众就业增收的重要抓手,统筹县人社、县扶贫、县财政等15个部门和各乡镇(街道)力量,构建"县级统筹、部门联动、乡镇主体、村社落地"的工作格局,为就业扶贫车间创建提供人力、物力、财力、政策和项目支持。还出台了《黎平县加快扶贫车间建设实施方案》,对就业扶贫车间建设、运行、认定、管理、考核和退出做出了明确规定,形成了持续推进就业扶贫车间创建的闭环机制。

积极实施创建就业扶贫车间正向激励政策,以公开招租形式,把全县5万余平方米的易地扶贫搬迁安置房、公租房国有经营性门面(房屋)等国有资产盘活起来,用于开办扶贫车间;对就业扶贫车间给予创业场所租赁补贴、职业培训补贴、创业担保贷款及贴息等政策性补贴;同时积极打造旗舰版就业扶贫车间,参加省级先进扶贫车间评选并得到奖励补贴。2019年以来,黎平县投入就业扶贫车间创建奖补资金1193.05万元。

家门口就业 吃下"定心丸"

"我们通过精准采集搬迁群众的就业需求,以眼镜、鞋服、电子等东部转移的劳动密集产业为重点,大力实施引企入社区行动,在各移民社区创建就业扶贫车间22家,丰富就近就地就业岗位。"黎平县就业局局长石留昌说。2019年以来,在各移民社区创建的就业扶贫车间直接带动1700名移民群众就业,让搬迁群众吃上了就业无忧的"定心丸"。

正是这颗"定心丸",让萌生退意想回老家的吴化美安下了心。

从黎平县茅贡镇樟洞村搬迁到县城龙形安置区居住,最初进城住漂亮新房的喜悦过后，吴化美愈发感到城市生活的不易。"一家老小在城里吃喝拉撒都需要钱，没有工作，没有收入，心里慌乱得很。"缺技术，又没有就业门路，只能偶尔打些临工的吴化美开始"退却"，想重新回到农村老家生活。

让她打消"退意"的转机，来自于龙形安置区引入了永杨鞋业扶贫车间，让吴化美在家门口实现了稳定就业，家里的经济危机也随之化解。"我是在社区干部的帮助下到永杨鞋业扶贫车间工作的，具体做鞋件加工，月收入有3000多元，知足了。"吴化美笑着说，"现在再也没有搬回去的念头了。"

督查"个个见" 间间"运行稳"

让搬迁群众定心、安心的就业扶贫车间创建是就业扶贫工作的重要组成部分，其质量好坏关乎群众的切身利益。

黎平县将县人社部门66名干部职工分片安排到全县403个村，做到所有乡镇（街道）都有一名领导班子成员包保，所有行政村都有人社干部包保，切实加强对全县就业扶贫车间的业务指导和监督。

同时，组织县人社局、县扶贫办、县移民局等部门和就业扶贫车间所在地乡镇有关人员，成立督查小组对就业扶贫车间运行情况进行"个个见"，对现场能够解决的问题立查立办；对情况复杂需要长期解决的问题，坚持"一车间、一方案"的原则，明确目标、任务、措施、完成时限和责任单位及责任人，统筹力量解决；对运行不正常或达不到认定基本条件的及时启动退出程序，取消认定和挂牌。2019年以来，组织实地考核督查工作400多次，对255个就业扶贫车间进行实地督查或认定，取消8个运行不正常或条件不符的就业扶贫车间。

黎平历宏手袋厂的负责人何宗凡最近心情特别好，一直让他坐立不安的厂房扩建资金终于有了着落。

2020年4月初，黎平县就业扶贫车间督查小组在历宏手袋厂进行实地督查时发现，该厂因为业务发展需要，急需扩建厂房，但还欠些资金。随后，督察小组立即安排县就业局为该厂安排了10万元创业担保贷款，解决了扩建厂房欠资金问题。

在历宏手袋厂上班的敖市镇敖市村群众张翠艳说："我在这里上班既能挣钱又能照顾家，每月有2000多元的收入。我希望厂子越办越大、越办越好，政府帮了厂子，就是帮助了我们老百姓，感谢政府。"

下好"先手棋" 产业"加速度"

"在劳务输出型企业就业压力倍增、岗位萎缩的新形势下，我们将本地优势特色产业资源和闲散、闲置土地资源融合起来，坚决走好兴办就业扶贫车间这步'先手棋'。"黎平县人社局局长周明锋谈到就业扶贫车间的发展时说。黎平县推行"政府＋扶贫车间＋农户""基地＋扶贫车间＋农户""扶贫车间＋实训基地""易地搬迁＋企业＋扶贫车间"等运营模式，广泛吸纳群众到车间务工，把农、林、茶、药作物加工为产品销售，实现产业发展、群众增收、经济增效，为巩固脱贫成效，抢占乡村振兴战略先机，夯基垒台，架梁立柱。

2019年以来，黎平县以挂牌认定的形式创建就业扶贫车间246家。通过积极发挥就业扶贫车间引领产业发展促进就业的作用，茶叶产业投产面积达到22.5万亩，同比增加5000亩，每年为贫困户、易地扶贫搬迁户和边缘户等各类群体提供6.6万个临时就业岗位；油茶基地面积发展到32.4万亩，同比增加1.8万亩，带动3.8万余人参与临时性务工；天麻种植面积已发展47.7万平方米，同比增加23万平方米。总体提供就业岗位1.2万个，带动8231名群众实现就业（其中建档立卡贫困户4631人）。

实业兴、就业稳、百姓富。兴办就业扶贫车间已然在黎平这片春潮涌动的红色大地上蔚然成风。就业扶贫车间，一头联结着产业的快速发展，一头联结着贫困群众的欢声笑语，成为当地摆脱贫困跨越发展征程上最亮丽的一道风景。

（文／祝芷媛）

鼓了钱袋子，学了好技能

"谢谢你们这么远来看我们，请你们回去转告我们的家人，我们在这里好得很……"在座谈会上，服务于中策橡胶集团有限公司的岑巩籍务工人员伍洪林首先发言，开启了岑巩—建德两地劳务协作跨越千里的交流对接之旅。

为实现精准对接、促进稳定就业，2020年初，岑巩县、建德市人社部门携手建德市对口扶贫办在建德市举行了2019年度东西部劳务协作工作交流活动，就存在的问题以及2020年的劳务协作工作进行深入探讨和研究。两地人社部门通过落实政策、创新举措，设立温暖夫妻房、开设学徒制订单班、成立劳务联络站等方式，有序推动贫困劳动力转移就业、稳定就业、增收脱贫，赢得了岑巩籍务工人员的好评。

"感谢厂里给我们提供了免费的夫妻住房，我们俩的工资加起来有1万多元。今年回去过年，我一定多介绍点老乡过来！"座谈中，中策橡胶有限公司员工邰志勇笑呵呵地说道。

邰志勇来自岑巩县注溪镇。2019年2月，在岑巩县就业部门的引导下，他与妻子都服务于中策橡胶的下属企业。为确保他们能稳定就业，公司不仅免费为他们提供了20平方米的夫妻住房，每月还为新晋人员提供一定的生活补贴，夫妻俩工资加起来每月能拿到1万多元，这令他非常满意。

交流活动期间，两地人社部门走访参观了部分建德市企业，并看望慰问了在中策橡胶有限公司务工的岑巩籍员工，与他们交流对接在建德的工作和生活情况。

雷定锐是2018年3月第一批有组织输出的务工人员，他与妻子一起到中策橡胶有限公司成型车间务工。在公司工作期间，他俩吃苦耐劳，艰辛付出，得到了可喜的回报。

"在中策橡胶打工收入稳定，厂里还给我们提供免费住房，我俩准备长期在这里做下去。今年通过分期付款还买了一台小轿车呢。"雷定锐说，"我们夫妻俩每月扣除五险一金，领到手的工资加起来还有1.1万多元，除去4000多元车贷后，还余7000余元，并且还缴纳了社保和公积金，生活没有什么压力。"

中策橡胶有限公司是岑巩县和建德市人社局共同认定的劳务输出就业基地。公司目前是中国最大的轮胎生产企业，有2.5万余名员工和上千名工程技术人员，主要生产各种规格的载重汽车轮胎、轿车轮胎、工业车辆轮胎等产品。公司有贵州籍务工人员90多人，其中岑巩籍务工人员32名。在两地就业部门的帮助下，公司共为7对岑巩籍务工夫妻提供了免费的夫妻住房。

"我们一定会以最好的精神状态、最好的专业知识去回报老师还有企业对我们的关心和关爱……"在建德市工业技校，来自岑巩县平庄镇的新型学徒制化工班学生王珏安激动地说。

2019年以来，建德市、岑巩县人社部门联合建德商会化工分会的10家企业，按照"企业出资、学校培养"的方式，通过选派学生委培和开设精准扶贫"现代学徒制订单班"，选派49名岑巩籍学生到建德市职校就读。就读学生除享受教育扶贫政策不变外，还将享受学费全免、毕业后分配工作等优惠政策。

"我校2019年开设的化工专业"现代学徒制订单班"的学生，目前已完全适应在我校的生活。读书期间，所有的费用，包括学费、住宿费等全部由企业承担，而且企业每月还为每名学生提供900元的生活补贴，每年为学生报销两次回家的路费，毕业后提供月薪4000元以上的就业岗位。"建德市工业技校校长方腾介绍道。

2019级"现代学徒制订单班"的49名学生全部是来自岑巩县各乡镇的初中毕业生，其中建档立卡户26人。为保证孩子们顺利完成学业，企业以及建德、岑巩两地相关部门做了大量工作。不仅有企业提供学费、代管费、生活补助，学校还提供了各类奖学金、助学金及教育扶贫优惠政策。从接学生入校，到准备生活必需品，学生们只需拎包出门就能顺利就学。

"'现代学徒制订单班'是建德市帮扶岑巩县的一项重要举措之一，也是东西部扶贫协作的一项特色亮点工作，更是一项实实在在的精准扶贫暖心工程。按照现代学徒制这种方式，我们探索对青年一代技术、技能型劳动力培养，让他们在将来有更好的就业能力，更强的就业竞争力。"岑巩县人社局副局长杨纯说。

结合学生特点和企业优势，两地相关部门通过与企业共同制定计划、培养方案和特色课程，在教学质量上下功夫，努力打造一支能快速适应企业发展需求的技能人才，确保实现企业得人才、贫困家庭"入学一人、就业一人、脱贫一家"的双赢局面。

"下一步，我们将继续加大宣传力度，扩大订单班规模，提升订单班生源质量，拓宽与需要企业的合作深度，加强校企双方联动，努力提升教育教学质量，全力提升技能人才培育，更好地服务我们当地企业。"建德市人社局副局长蓝建荣说。

"我也是通过老乡介绍过来的，在这边工作环境也蛮好的。我们岑巩老乡越来越多了，都是通过微信群联系，群里有40多个人了。周站长也经常来厂里看我们。"就职于中策橡胶集团全钢一分厂准备车间的岑巩籍员工张大祥说。

近年来，两地人社部门通力合作，根据企业需求和人力资源现状，以劳动力培训及劳务输出为抓手，坚持就近就业和转移就业并重。2017

年11月，在建德市成立劳务联络工作站，签订《建德市·岑巩县2018年度就业扶贫工作合作协议》，积极开展劳务输出、企业招聘、职业介绍等就业服务。2018年以来，共举办劳务协作招聘会8场次，向建德市提供就业意愿和信息1805人，向就业人员提供就业岗位2600余个，向扶贫协作地区输送贫困劳动力125人。

"近年来，我们县借助东西部扶贫协作这个良好的机遇，通过建立劳务联络站、劳务输出基地、稳岗服务机制，提供更加优质的岗位、更加舒适的工作环境，落实和兑现相关保障措施，让我们输出来的劳动力更加安心地工作。"岑巩县驻建德市劳务联络工作站副站长周良兴说。

一批像中策橡胶、新联外包、福斯特药业这样优质的建德企业建立了固定的贫困劳动力就业基地，形成了以劳务联络站为抓手，以劳务输出提升就业质量为中心的工作机制，累计提供就业岗位800余个，为建德市引进黔东南籍员工417人，其中岑巩籍员工90多人。

（文／祝芷媛）

"我们在杭州挺好"

近年来，黔东南州通过与杭州市开展对口帮扶劳务协作，组织越来越多的劳动力特别是贫困劳动力到杭州市就业。截至2019年夏，全州有6.3万人在杭州市就业。他们在杭州市工作如何、收入多少、过得怎么样？

"在这里工作稳定，还包住宿"

"在这里很好，工作稳定，公司还包住宿。我们家不想再当贫困户了，要通过自己努力挣钱过幸福生活！"来自黄平县的冉景元，谈起现在这份工作，脸上充满了笑容。

20岁的小冉，在杭州顺风速运公司做快递小哥，月收入6000元左右。来杭州之前，只有初中学历的他在老家到处打零工，收入不稳定。他的母亲有残疾，父亲也没有劳动能力，家里还有个正在上学的弟弟，"贫困户"的帽子一戴就是好几年。2018年12月，他得知黄平县与杭州市拱墅区联合在县城举办劳务协作招聘会，抱着试一试的想法来到招聘现场，看到杭州提供的岗位待遇好、包住宿，而且政府还给外出就业补贴，小冉心动了。经多方比较，他当场就与杭州顺丰速运公司签订了就业协议，并通过县人社部门有组织劳务输出来到杭州。

在杭州银河食品有限公司务工的石美红，是从江县翠里乡高武村建档立卡贫困户，育有两个孩子，一个上大学，一个上高中，家庭经济十分拮据。2019年，54岁的石美红，通过从江县人社部门有组织劳务输出，如愿以偿地来到浙江银河食品有限公司务工。由于年纪较大、语言不通，她刚到公司时很不适应。在公司领导、老员工的细心照顾和从江县驻杭州市萧山区劳务联络站工作人员的鼓励下，石美红克服了种种困难，慢慢适应了公司的工作、生活。如今，她每月有5200多元的工资收入，不仅两个孩子的生活费和学费有了着落，全家人的生活也再不用发愁了。

为鼓励和引导贫困劳动力输出杭州就业，黔东南州制定出台贫困劳动力就业激励政策；如对建档立卡贫困劳动力通过有组织劳务输出到杭州稳定就业3个月的人给予500元生活补助。同时，杭州市针对黔东南州贫困劳动力转移杭州就业出台优惠政策，如黔东南州贫困劳动力转移杭州市就业创业的，与杭州本市户籍就业困难人员同等享受各项就业创业政策和职业培训补贴政策；用工企业优先为黔东南州贫困劳动力免费提供员工宿舍。

"不仅免费参加培训，还找到了工作"

"真没想不到，我不仅免费参加了培训，还顺利找到了工作。"来自丹寨县贫困户的魏登华，2019年5月免费参加浙江花都美容美发学校为期3个月的美容专业培训，学习美容技能，目前正在一家美容院实习。由于工作认真负责、美容技能掌握较好，她已与一家美容机构达成就业意向，实习结束后就签订劳动合同，预计月工资5000多元。作为杭州市滨江区·丹寨县东西部扶贫就业基地的浙江花都美容美发学校，先后为丹寨县培训建档立卡贫困人员33人，为通过考核的学员颁发相应证书，并帮助其实现就业。

在杭州西奥电梯公司务工的18岁小伙子杨彰胜，是天柱县渡马乡黄芳村贫困户。他的父亲因病丧失了劳动能力，家庭重担全靠他的母亲一人承担，家里经济条件一直较差，于是他从职校毕业后就决定外出务工，为母亲分担家庭重担。2019年3月，他通过天柱县人社部门劳务有组织劳务输出来到杭州西奥电梯公司，参加公司组织的为期两个月的岗位培训，较好地掌握了电梯安装技术。如今，杨彰胜成为了杭州西奥电梯公司的一名员工，从事电梯安装工作，月工资4500元以上。

黔东南州充分利用杭州市的培训资源优势，通过派遣培训师资、开设专班、挂职锻炼等方式，开展劳务协作培训合作，并在培训后通过多种渠道促进参训人员就业创业。2019年以来，黔东南州与杭州市联合举办培训班48期，培训贫困劳动力2337人，培训后就业2014人。

"有'娘家人'在，我们心里踏实"

"感谢劳务联络站，帮助我们追回了血汗钱。有'娘家人'在，我们在这里打工心里踏实。"台江籍在杭务工人员杨文彬说。

自2018年4月开始，杨文彬等台江县5名务工人员陆续来到杭州市萧山区某工地务工，从事水电安装工作，被施工方拖欠工资11万元。驻杭劳务联络站工作人员接到消息后，第一时间赶到工地，了解情况和做好人员情绪安抚，并及时向当地劳动监察等部门反映情况，积极协调各方处理欠薪问题。2019年6月20日，杨文彬和工友们拿到了被拖欠的工资。

2020年4月，榕江县计划乡加两村杨通权夫妇，通过榕江县人社部门有组织劳务输出到杭州旭日鞋业公司务工，小两口月工资9000元左右。虽然在公司上班工作强度不大、收入也不错，但他俩心里总是不踏实，牵挂着远在老家的年幼孩子，希望孩子能到身边来上学。榕江县驻杭州桐庐县劳务联络工作站了解情况后，积极与当地人社部门、镇政府沟通协调，帮助解决小女儿来到他们打工企业所在地小学就读的问题。

"准时发工资，一分都不少"

韦开平在浙江杭州市萧山区一家食品加工公司上班，最近刚领到了第二个月的工资。临近返乡过年,这个来自贵州从江县加榜乡平引村的"90后"小伙,心里很开心。

"准时发工资,一分都不少。"韦开平说。现在政府精准帮扶,贫困山区农民外出务工有了"靠山"。

韦小开是平引村的建档立卡贫困户。2019年10月,在从江县人社部门组织下,他和韦开平一起到杭州上班。一个月下来,他们每人工资有2900多元。

"政府提供行李箱、被子、牙刷等,按每人300元的标准配备。"韦开平说。他的母亲过去没有出过远门,这一次也跟着一起到杭州务工。

从江县人社局干部石真珍介绍,通过县、乡、村三级联动组织,落实行李配备、队长管理等"六项补贴",采取精准动员、精准培训等"五个精准",让过去的"自由务工"变成"组织务工"。针对外出务工比较集中的输入地,还成立专门的劳务联络工作站,做好权益维护、技能培训等方面服务。

韦开平曾到广东、广西等地务工,经历比较丰富。这次到杭州,他被选为队长。刚到公司上班时,大家生活不习惯,有的老乡用普通话交流比较困难,韦开平在这些方面都会帮忙。

从江县驻杭州市萧山区劳务联络工作站副站长韦杰胜介绍,为让大家稳定就业、稳定增收,有组织外出务工的队伍每30人选配一名队长,根据稳岗情况,一次性给予队长1500—2500元不等的补贴。

为鼓励农村劳动力积极寻求就业机会、稳定增收致富,从江县还规定,凡是建档立卡贫困劳动力通过有组织劳务输出到县外省内、省外(含境外)稳定就业达6个月的给予一次性补贴,补贴标准为县外省内每人500元、省外(含境外)每人1000元。

为确保就业意愿与就业岗位相匹配,从江县人社部门注重精准采集信息。经摸底排查,2019年以来,从江县农村剩余劳动力有就业意愿的有

1.3万人，共收集到适宜的岗位1.2万余个。

"90后"苗族女孩吴兰美，家住从江县西山镇大丑村，由于缺乏增收门路，她家被列入建档立卡贫困户。如今，她在杭州市的一家公司做财务工作，每月工资有4500元。"出门在外，生活工作都会遇到困难，劳务联络工作站经常来关心慰问。我们感觉有了一个家，上班很踏实。"她说。

黔东南州在杭州市建立驻外劳务联络工作站17个，为黔东南州在杭务工人员提供就业推荐、职业介绍、技能培训、劳动维权、子女就学等"一条龙"公共就业服务。建站以来，驻杭劳务联络站深入企业开展走访414次，与1554名黔东南籍务工人员进行座谈；帮助解决维权诉求20起，涉及金额19万元。

"我们在杭州挺好！"在杭务工人员由衷地发出自己的自信之声、美好之声、幸福之声。

（文／邹冉）

电商扶贫共创品牌

雷山县，是苗族文化的重要培育地，苗族人口达到总人口的84.78%。截至2018年，雷山县有苗绣、苗银等13项国家非物质文化遗产代表性项目。西江千户苗寨正是这样一个具有苗族传统风貌的景区，而景区的门口，杭州东西部扶贫协作项目网易严选雷山体验馆就坐落于此。

"雷山当地有很多精致的手工制品。我们在建立这间网易严选线下体验馆时，充分保留了苗族传统建筑风貌。通过提炼民族文化元素对建筑整体结构进行了升级改造。消费者不仅可以在体验馆内买到网易严选首批开发的全部68款不同规格品类的扶贫商品，还可以在馆内苗绣、蜡染体验专区近距离体验苗族特色手工艺，进而对雷山产生全方位、可触碰的深刻感知。"雷山体验馆店长孙泽宇说。

作为一个东北小伙子，孙泽宇也被这些精致的苗绣工艺深深吸引。"网易严选通过对苗文化历史挖掘及传统苗绣等艺术作品考证，提炼出以蝴蝶纹、鸟纹和龙纹作为统一IP形象规范，让这些美丽的苗绣得到进一步的品牌赋能效果。"孙泽宇说。

自2013年杭州市对口帮扶雷山县以来，双方始终遵循"民生为本、教育为先、产业为重、人才为要"的方针，变单向帮扶为双向互利，变单纯地给钱、给物为通过产业、资源等开发提高自我发展能力，协作领域和内容得到了进一步拓展。全面推进帮扶项目建设、合作交流、产业园区共建和人才培养等工作，促进了雷山县贫困地区特色优势产业发展，提升了雷山县人民群众基本公共服务水平，增强了雷山县科学技术创新能力，有序推进了雷山县扶贫开发和"减贫摘帽·同步小康"工作进程。

网易公司把黔东南州雷山县作为东西部扶贫协作第一站，利用网易严选"统一设计、统一包装、统一销售"，以更加科学的方式打造高效、精准的"品牌赋能"模式，携手雷山联合打造城市名片品牌，共同挖掘苗族特色形象文化内涵，通过在AAAA级景区西江千户苗寨设立网易严选雷山体验馆，采用"西江景区线下实体店＋网易严选线上电商平台"相结合的模式，推动雷山县优质农产品销售，助推群众增收致富，助力黔东南州打赢脱贫攻坚战。

雷山县乃至黔东南各贫困县，商业化的基础都比较薄弱。消费者对传统手工苗银技艺缺乏认知，对原产地陌生导致缺乏信任，且个体手工艺者以一己之力难以打入成熟的商业化运作体系。中国的乡村从来不缺乏资源，而是欠缺资源的梳理和深度开发。提升当地商业化，可以从打造地方特色IP切入，而打造成功的品牌IP，就需要找到当地文化中最精髓的部分。

苗族文化与苗绣、苗银、苗族食品等极具民族特色的地方特色特产，是塑造雷山品牌、开发雷山商品的推进方向。网易严选携手中国美术学院文创设计制造业协同创新中心专业团队，通过对苗文化历史挖掘及传统苗绣等艺术作品考证，提炼出以蝴蝶妈妈传说为核心的蝴蝶纹、鸟纹和龙纹作为统一IP形象规范，并将其运用在商品包装、手工艺品、文创商品设计等环节，以系列化方式呈现，达到品牌赋能效果。

网易严选雷山体验馆充分利用西江千户苗寨每年近500万人次的客流量，通过打造雷山特色品牌及品牌标识化、雷山自有资源开发以及运作产业化、传播推广雷山地区品牌商业价值等方式，打造城市名片示范区，助力雷山县脱贫攻坚工作。通过未来几年的运营，雷山县的城市品牌知名度将持续扩大，产品供应链不断优化，经济效益日益提升，网易严选雷山体验馆将成为旅游行业新标杆，吸引更多的游客，源源不断地为雷山县的经济、文化发展注入动力。

（文／祝芷媛）

直播带货　打造"黔品杭馆"

一大早，家住庆春坊的李大妈到世纪联华庆春店拿起一只三穗麻鸭，满足地放到了菜篮子里。要知道，平时想买只鸭还真不容易，来晚了就没了，特别是周末，有时哪怕赶个大早，鸭子也"飞"走了。

杭州人在家门口就能买到"网红鸭"

这只鸭，是杭州消费扶贫示范店的"网红鸭"，它创下了日销售额4.3万元的纪录。仅这一单品，月销售额可达43万元。

在2019年"国家扶贫日"当天，杭州联华华商集团世纪联华超市庆春店消费扶贫示范店正式揭牌，每一只来自黔东南的三穗麻鸭都在见证着消费扶贫的真情。杭州消费扶贫示范店成立至今不足3个月，月营业额已突破1000万元，为对口帮扶地区的特色产品和杭州的老百姓架起了消费的桥梁。

这张消费扶贫成绩单是怎么做到的？这些"网红鸭"，是杭州联华华商集团的专业人员通过"上山头""去田头""蹲地头"找来的。他们实地调研对接、快速引入源头直采商品，做好产销对接，通过源头直采、商品定制等工作，为消费者提供物美价廉的扶贫产品。

找到这些产品之后，杭州联华华商集团还专门对扶贫产品标准化做了规范，建立产品质量标准体系、溯源体系及产品采收、包装、验收标准，现场驻点指导帮扶，确保扶贫产品安全和品质稳定性。

不仅仅是销售，杭州联华华商集团在部分贫困地区实行按需种植模式，他们发动强大的供应链资源，牵头组织农科院专家和从事种植行业多年的公司负责人，组成专家团，从提高产量、品质标准、种植效益等角度给予适时定期的技术指导，实地上门提供选品、育苗、防虫害等专业帮助，并定期开展农业技术专家专题培训讲座、商品质量安全风险把控讲座、采收规格标准等级方面培训及现场基地的农技指导等。

杭州联华华商集团作为浙江省内最大的零售企业，充分发挥门店多网点优势，以产销对接为切入点，积极寻找优质产地资源，借助线下实体店和线上平台，协同发力，扎实推进消费扶贫工作。

脱贫攻坚，杭州在行动

世纪联华消费扶贫馆用数据证明了行动的力量——2019年第一季度，联华扶贫产品销量达3785吨，销售额4450万元，涉及9省20市40县。2019年，联华采购贫困县区产品蔬菜、肉禽、水果、南北干货、粮油米面等类别共计631个，年采购量2.37万吨、助销金额1.72亿元。"三下贵黔"对接4个县，引进12个产品，采购量260吨，采购额230万。

世纪联华相关负责人表示，他们将紧密对接以黔东南为中心的产区，辐射全域化贫困区，建立"产业扶贫—消费扶贫—消费需求"循环链，使产品的生产端与需求端无缝对接，架起从地头到餐桌的桥梁。此外，他们还将通过"黔品杭馆""黔货杭牌""黔景杭旅"等重点工作推进，形成"前端打造扶贫体验馆、中端数字化供应链扶持、后端带动农产品产业带"的杭州精准扶贫新格局，以产业链培育内生动力，以平台搭建打造品牌影响力。

（文／祝芷媛）

文化教育

打造"文化教育"新样本

海那边，是中国改革开放的前沿阵地，繁荣兴旺，经济发达。

山这边，是全国脱贫攻坚的主战场，贫困面广，贫困人口多，脱贫任务艰巨。

2016年，中共中央办公厅、国务院办公厅印发《关于进一步加强东西部扶贫协作工作的指导意见》，将浙江省杭州市与贵州省黔东南州紧紧联系在一起，两地在文化教育扶贫上，不断创新机制，深化协作，专班化、项目化推进，多次开展了全方位、多领域、多层次的扶贫协作，有力推动了黔东南州脱贫攻坚。

在教育方面，黔东南州通过东西部扶贫协作项目，在从江、榕江、台江等县（市）新建小学和幼儿园，解决贫困户子女入学的问题。同时，杭州市还帮助黔东南州积极引进教育专业人才，并选派一批优秀的教师到杭州市挂职锻炼、培训交流，提升安置点学校的教学质量。

2018年以来，杭州市不断加大教育的投入力度，为黔东南州教育投入帮扶资金1.336亿元。每年，杭州市总工会还利用"春风行动"的300万元资金资助贫困学生1000名。

同时，黔东南州工业学校、黔东南州中等职业技术学校、凯里市第一中等职业学校、丹寨中等职业技术学校、台江中等职业学校和岑巩中等职业技术学校与杭州7所帮扶职校签订对口帮扶协议，通过"1+2""2+1"

等联合培养方式，输送601名建档立卡贫困学生到杭州市就读各类职业技术学校。

为了斩断代际穷根，杭州市通过"组团式"帮扶模式，持续不断加强东西部教育共同体建设和职业教育、智慧教育合作，并通过陈立群等一批挂职教师的示范带动，提升黔东南州学校管理水平和办学质量。

"组团式"教育帮扶已扩展至全州16个县的19所学校。"组团式"教育帮扶也成为东西部扶贫协作的典型经验，先后得到了中央领导和贵州省、浙江省主要领导的充分肯定，并在全省推广。

为进一步做好杭州市与黔东南州对口结对帮扶工作，加强两地文化交流，杭州市充分利用自身优势资源，不断拓展东西扶贫协作领域，先后签订了《对口帮扶交流合作框架协议》等项目，并在文化人才培训、文艺创作演出和文化创新、产业发展等方面加强了交流与合作，促进两地文化事业、文化产业共同发展，援助体现了大力度、高标准的援建新格局。

对口帮扶，文化先行，项目拉动。杭州市和黔东南州通过建立和完善帮扶新机制，探索新途径，将"输血"与"造血"相结合、"资源"与"合作"相结合，共同挖掘并开发黔东南州在生态、人文方面的潜在资源，在强化文化产业合作的基础上，不断进行文化交流、人才培养，促进招商引资。

一方面，杭州市把先进的发展理念、管理模式和创新经验与黔东南州分享，实现资源优势最大化，利用有效渠道，对黔东南州文化产业发展、文化旅游宣传营销、人才培训等方面给予援助，持续为两地发展做出应有的贡献。

另一方面，黔东南州也将学习杭州干部"干在实处、走在前列"的精神，通过观念、理念的创新，大力借鉴杭州市在文化产业发展、人才资源培养等方面的优势，竭诚欢迎杭州的文化产业企业、有识之士到黔东南州投资兴业，促进双方互利共赢。

2020年是脱贫攻坚关键年，杭州市和黔东南州两地的文化和教育扶贫形成多层次、多形式、全方位的扶贫协作和对口支援格局，使区域发展差距扩大的趋势得到逐步扭转，推动东西部扶贫协作再上新台阶。

不以事艰而不为，不以任重而畏缩。杭州市将着眼长远发展，把东部地区的扶持资金、扶持项目同黔东南州贫困地区群众脱贫致富紧密联系起来，积极引进先进技术、管理经验和人才资源，全面提高黔东南州的文化和教育水平，为高质量打赢脱贫攻坚战提供有力支撑。

（文／李卓檬）

种下文化的种子

冯琛莉，是杭州市彩虹城小学的一名教师。2013年，冯琛莉与黔东南结缘。每年7月中旬，她便按照思考了许久的教学计划和教学目标，组织带队走进黔东南州偏远的大山深处，给山区的孩子们带去各种课程活动体验。一晃七年过去，她和黔东南的很多老师、老乡和孩子们成为了"家人"。

对于黔东南，冯琛莉真正爱上它，并且喜欢上它，是在2019年的三次丹寨之行。数次走进黔东南州的她一直在思考：这里需要什么？我们可以带来的是什么？我们又可以留下些什么？

2019年4月至5月，冯琛莉再次带领着团队来到了黔东南州，这一次，她不再迷茫。冯琛莉根据丹寨全县的教育需求，提供"菜单式"的服务，进行了"组团式"送教。"100节好课送丹寨"、名师展示引领课、专家诊断把脉课、同伴交流协助课、专题讲座传播文化、特色活动呈现教育新样态，尽可能地"知丹寨所需，尽滨江所能"。

为孩子准备特殊的礼物

2019年儿童节前夕，为了给丹寨的孩子送上一份特殊的节日礼物，冯琛莉发动媒体主持人、钱塘实验小学和彩虹城小学师生、滨江区朗诵协会的会员们一同录制中华传统文化故事。短短10天，在各界的支持下，133个故事音频装在200个U盘里，飞向了丹寨的每一所小学和幼儿园里。冯琛莉这么做的目的只有一个，用声音唤醒孩子们的童年，用声音在孩子们的心田里种下文化的种子。

在为"学习强国"杭州学习平台录制"我最喜爱的习总书记的一句话"时，冯琛莉说："黔东南支教的确很苦，但不是为名也非作秀，只因为这些淳朴和单纯的孩子，只想为他们做点事。虽然我们只是孩子们漫漫人生中的一盏灯，但希望能照亮那些孩子，并让他们也闪闪发光。"

把公益项目带到大山深处

扶贫先扶智，开展教育扶贫是斩断贫困代际传递链条的最有效途径。教育要给孩子们带来更多让她们能更好成长的东西。

2019年6月30日，在杭州市滨江区举行的七一文艺汇演上，得益于滨江区委组织部的大力支持，冯琛莉带去了"爱的留声机"公益项目。项目打动了在场的党员，大家纷纷认领"留声机"，当场捐助17064元，送给丹寨县108位品学兼优的贫困生。

2019年7月14日，冯琛莉和一批优秀的老师再次走进丹寨县，进行为期五天的"滨江区名师、名校长进丹寨"小学青年骨干教师培训活动。这五天时间里，她遇见了丹寨县几百位努力而优秀的老师，听到了他们孜孜不倦和渴求成长的声音。在丹寨县教育局发出邀请后，冯琛莉她们在丹寨县成立名师工作室。2020年的暑假，她们又再次出发。

从"输血"到"造血"，她们不断改进方式方法，做教育扶贫的先行者、学生成长的引导者，为贫困地区教育事业发展、为祖国下一代健康成长继续作出自己的贡献。

（文／李卓檬）

让文化为传统商品添彩

银饰、蜡染、雷山鱼酱、雷山银球茶、图腾马克杯、刺绣抱枕……在雷山县西江千户苗寨北门的网易严选雷山体验馆内,堆满了包装精美的特色商品,吸引了四面八方的游客前来挑选、购买。

"我刚买了好几个马克杯,上面都印有苗族的蝴蝶图腾,寓意着妈妈对孩子的爱。到时候送给家人,他们一定会喜欢。"来自北京的游客张楠说,这家体验馆的商品很有当地特色,从饰品到日用品都做得很精致,既具有少数民族文化内涵,又具有现代的美感。

近年来,雷山县通过东西部扶贫协作项目引进网易严选平台,帮助雷山县的群众销售特色商品。"我们挖掘本地手工艺产品背后的故事进行传播,对当地供应的特色商品进行改造和品牌打造,并整合国内知名设计师、知名院校等资源,大力提升当地特色农产品、民族手工艺品、旅游商

雷山县的网易严选体验馆

雷山县的绣娘正在制作刺绣

品的包装设计档次。"网易严选雷山体验馆负责人说。

同时，网易严选还开发完整的产业系统，整合当地资源，激发贫困人口脱贫致富的内生动力，打造产业扶贫的典范，把升级及新研发的产品在线上、线下渠道进行销售，全方位帮助拓宽销售渠道，助力"黔货出山"。

网易严选雷山体验馆扶贫项目是杭州—黔东南东西部扶贫协作电商消费扶贫的一个重大项目。该项目已投入1000万元，在西江苗寨游客集散中心（小北门）建成300平方米的体验馆，已开发上线68款不同规格、不同种类的商品，与6家生产企业建立合作关系，提供了20余名就业岗位，带动1073名贫困户脱贫增收。

在东西部扶贫协作帮扶下，黔东南州特色商品除了入驻网易严选平台，还与腾迅公益、王的手创等线上平台达成合作协议，拓宽特色民族文化产品销售渠道，并邀请张晓龙、萨顶顶等明星为黔东南州特色商品作代言。

王的手创电商平台负责人饶勇说："随着黔东南州特色商品的知名度

扩大，我们网上销量也逐渐提高，端午节、春节、国庆节等节假日都是订货高潮。"

随着销量逐渐增加，黔东南州传统特色商品的知名度越来越高，推动了不少绣娘、银匠、蜡染师等手工艺人出去做生意。2019年底，台江县浩邓民族银饰刺绣有限责任公司负责人石传英与意大利OTB集团达成合作，第一批订单就签下衣服、鞋子、包等17款苗绣产品，订购绣片1882张，订单金额120万元。

"2020年，虽然受新冠肺炎疫情影响，但我们的订单在逐渐恢复中。"石传英说，"虽然订单延后，但是我相信这只是暂时的。接下来我们将研发更多苗绣笔记本、苗绣发带等新商品，不断扩大订单量。"

（文／李卓檬）

638个村的"卓卓村长"

见到杭州视客文化发展有限公司（以下简称"视客文化"）董事长卓峰立的时候，他刚从贵州省黔东南州回来，背着双肩包显得有些风尘仆仆，肤色相比之前也黑了好些。

如今的他，有了一个特殊的身份——从江县、榕江县638个村的"荣誉村长"。2020年5月，他每天都带领团队架着摄像机奔走在当地各个贫困村之间，村民们见了他，都会亲热地叫上一声"卓卓村长"。

开通抖音账号出镜带货、手把手培养当地"网红"、为文旅产业发展出谋划策……卓峰立为那片美丽的土地与土地上的人们，架起了一座在数字流量时代造血脱贫、致富发展的桥梁。

"从0到1"培养原生态"网红"

2020年5月19日至22日，中共浙江省委常委、杭州市委书记周江勇率杭州市代表团赴贵州省黔东南州落实扶贫协作工作，杭州市工商联也组织10多位杭州民营企业家加入到此次帮扶行动中，卓峰立正是其中一员。

其间，卓峰立代表视客文化与榕江县、从江县签订了战略合作协议，内容是打造一个拥有千万级粉丝的抖音红人账号——"卓卓村长"，深入当地的手工艺作坊、田间地头，与匠人、农人对话，通过短视频与直播将他们培养成"网红"。

战略协议一签订，视客文化便在榕江县开办了首期网红直播带货培训，报名人数达到了133人。从账号开通、拍摄技巧、内容创作到流量运营，视客文化的培训团队仔细讲解、倾囊相授，帮助有意尝试直播的年轻人跨过"从0到1"的门槛。

随后，他与团队深入走访了榕江县、从江县的8个贫困村，一边拍摄视频素材，一边寻找有潜力的网红苗子，3位美丽淳朴的女孩进入他的视野。

"她们每天早上5点就起来干农活，8点开始配合我们拍摄。几个小时下来，我们扛机子的摄影师都累了，她们还是充满活力。"卓峰立表示，公司有意与她们签约，将她们培养成当地的抖音红人，为自己的家乡代言。

在"卓卓村长"抖音号上，女孩们作为"村花"出镜的短视频大受欢迎，账号才刚刚启动运营，就已经收获9万个赞、1万名粉丝。壮美的梯田风光、灵动的民族舞蹈、精致的手工艺……通过"卓卓村长"的视角，全国各地的网友都能跟随他的脚步，了解黔东南州的自然风光、民族风情与特色文化。

将特色资源转化为文旅产品

在当下这个流量为王的时代，一条只有几秒的创意短视频，就有可能让贫困县的滞销农货一夜清仓、偏远地区的冷门景点一夜走红，红的关键还是需要专业的团队来策划与运营。

卓峰立透露，接下去3个月将持续投放75条短视频，粉丝量预计达到40万—50万。待流量积累起来之后，"卓卓村长"将为黔东南州特色产品带货。

卓峰立与团队初步选定了三款产品——手工刺绣、瑶浴与小香猪肉肠。他说，对于短视频带货来说，选品也很有讲究："我们要选有一定社交属性且能体现黔东南州民俗民风与非遗文化的产品，价格不能太高，产业链要相对成熟，发货也要及时。"

榕江县的蜡染和苗族刺绣，是村寨祖传的手艺也是国家非物质文化遗产项目。相关内容的短视频通过"卓卓村长"抖音号传播后，粉丝的订单会发到榕江县的扶贫车间——月亮故乡文创中心，带动十里八乡的织娘、绣娘在家门口实现就业。

为了推广当地的瑶浴，卓峰立和他的团队还跟随"非遗"传承人上山采药，记录了瑶浴制作的全过程，助力当地将"非遗"资源转化为文化产品。他表示，未来还计划与黔东南州的匠人工作室推出联名产品，将"卓卓村长"打造成类似"李子柒"的品牌IP，对接各大电商平台拓宽销量渠道。

除了短视频带货外，卓峰立还致力于为从江县包装网红景点。他与团队深入走访中国唯一一个合法持枪部落——岜沙，体验传统的镰刀剃头，又在加榜梯田体验原生态的农人生活，并从互联网传播角度为景点设计规划提出了不少金点子。

值得一提的是，卓峰立一边用脚步丈量大爱，发挥专业所长帮助两个贫困县脱贫致富；一边还发动全社会力量，进行点对点精准帮扶。在近一个月的路途中，他通过朋友圈对接爱心人士，帮扶了6户贫困户，向一所小学捐助衣物和体育用品，还向多位留守儿童伸出援助之手，改善他们的生活条件。

卓峰立说："企业的成长，离不开政府的扶持与社会的支持，理应回馈社会。希望我们能通过可持续的'造血'帮扶模式为决战脱贫攻坚、决胜全面小康出一分力。"

（文／邹冉）

深山苗寨"卖风景"

在素有"九山半水半分田"之说的黔东南州，境内沟壑纵横、山峦连绵。千百年来，这里的人们生生不息，在重重大山中镌刻了一幅壮美的农耕文明画卷——梯田。

层层叠叠、曲折蜿蜒、变幻万千、如梦似幻的梯田盘旋而上，它们是大自然的绝美风景，是传统农耕文明的壮丽诗篇，也是劳动人民智慧的结晶。

这些漂亮的梯田是当地群众生产生活的基础资源，是月亮山人民实现美好生活的根基所在，更是可以深度开发的富民文化旅游产业。

2019年7月，榕江县加宜村启动乡村旅游扶贫产业建设项目，项目涉及改建乡村客栈6栋（含设施设备）、游客接待服务中心1栋、非遗展示中心（含设施设备及配套）1栋、配套用房1栋（含设施设备及配套），公共区域改造、人居环境整治以及水、电、网等基础配套设施建设和其他公共服务配套设施建设等。

"我们浙江省杭州市桐庐县以民宿旅游出名，而加宜村这里的风景四季不同，可以参考我们东部旅游发展模式，进一步深挖资源，带动更多群众通过'卖风景'脱贫增收。"榕江县挂职县委常委、副县长盛春霞说。

于是，加宜村以梯田四季盛景为吸睛点，围绕唯美梯田、茂密树林、苗寨文化、红色文化等有利资源，开始打造美丽乡村，走乡村旅游发展之路。

"我们村的基础设施已在逐渐完善中。"加宜村驻村干部廖超成说。目前,加宜村消防管道铺设、自来水管道连接、太阳能路灯装配、民居电改、停车、连户路、房屋风貌整治、危房改造等工作已经完成,4G网络已实现全覆盖,垃圾运输车、垃圾桶已全面投放、排污管道已铺设完毕,加宜新区垃圾焚烧池已经建成并投入使用、新建公厕已经完成主体工程,乡村客栈、农家乐建设工作初具规模。

"为了牢牢抓住发展机遇,我们还申报了森林人家项目。"廖超成充满信心地说。未来,加宜村计划构建一个集餐饮、住宿、土特产销售、休闲度假为一体的乡村旅游点,并策划、设计、建设"月亮山梯田观光度假"旅游精品线。

"看到村里的旅游项目逐渐完善,我对接下来的生活充满了期待,等正式投入使用,肯定会有很多游客前来游玩。"计划乡加宜村村民辛老英从田间直起腰,抬起胳膊抹了抹额角的汗水,笑容绽放。

新的希望正在大山里涌动。

加宜村位于月亮山腹地,长期以来,由于交通、通信闭塞,梯田再美也无人问津。在东西部扶贫协作帮扶下,加宜梯田开始展新颜,逐渐吸引了一批又一批的游客,乡村旅游正开始展露尖尖角了。

无独有偶,在台江县红阳村,旅游也悄然"热"起来了。"元旦过后才是我们村的旅游旺季,不少家长都会趁着假期带孩子来玩。"红阳村村民张小霞说。

近年来,在东西部扶贫协作项目支持下,台江县在乡村旅游村寨红阳村和长滩村启动了"妈妈制造"台江非物质文化遗产研究学习营暨"妈妈去哪儿"亲子游项目活动,项目共开设刺绣花片、编花带、蜡染画、剪纸等20多项,这让游客孩子们在玩中学、学中玩,提升孩子们对"非遗"保护和传承的责任和兴趣。

此活动让"妈妈制造"项目延伸覆盖到乡村,以推动乡村旅游。红阳村和长滩村两个工坊生产的刺绣品，弥补了台江县旅游村寨没有旅游产品销售、旅游体验场所的空白。

"这里除了有优美的自然风景和浓厚的苗族文化外，还能现场体验苗家刺绣等活动，这已经是我们第三次带着孩子来玩了。"来自杭州的游客杨卫华一边跟着绣娘学刺绣，一边说道。带着孩子参加这样的活动特别有意思，孩子能在体验中学到更多的知识。

在2019年7月至11月，红阳村乡村旅游合作社接待游客1.2万人次，直接收入16万元，旅游综合收入近48万元。

如今，逐渐吸引着游客目光的大红寨村，民宿、农家乐等产业兴起，蜂蜜、青钱柳、红米、刺绣等农特产品、手工艺品生产、销售也随之共舞，渐成规模。大红寨村逐渐成为台江新兴生态旅游的典范。

以苗族、侗族为主，世居33个民族的黔东南州，在千百年的生产和生活中，既造就了养眼的青山绿水，又孕育了古朴多姿、独特神奇的多样文化景观，既有着"文化富集之地"之称，又有着"旅游富矿"的美誉。

琳琅满目的民族文化产品一

琳琅满目的民族文化产品二

在东西部扶贫协作对口帮扶中,浙江省杭州市因地制宜开发旅游资源,使一个个贫困村寨焕发勃勃生机,为黔东南州贫困村寨的群众脱贫增收夯实了基础,为下一步的乡村振兴发展提供可以持续发展的动力。

(文／李卓檬)

绣着花、带着娃、挣着钱、养着家

穿针、引线、穿珠、起针、收针……走进台江县易地移民搬迁安置点北门湾社区,随处可见绣娘们熟稔地运用着手中银色的细针。"绣了一辈子,没想到这门手技艺还能赚钱。"81岁的搬迁户张志美说。

"别看我年纪大,我可不比年轻人绣得慢。"张志美一边绣着手中的小样,一边乐呵呵地说,"一个月下来,我差不多有1000多元的收入,还能给孙子不少零花钱。"

苗族妇女在街边刺绣

苗族妇女聚在一起制作刺绣品

在距离北门湾社区约1小时车程的施洞镇小河村，村里的妇女们干完农活便匆匆赶回家绣花。"现在，我们村里几乎每家每户的妇女都会利用空闲时间做些绣品，既传承了技艺，又可以赚钱补贴家用。"村民张祝英说。

台江县素有"天下第一苗县"之称，境内像张志美和张祝英这样技艺精湛的绣娘数不胜数。为了使这些苗族妇女通过从事传统手工艺生产走上致富之路，杭州市余杭区先后投入300万元帮扶资金，为台江县引入中国妇女发展基金会"妈妈制造"项目，通过设计支持、品牌推广、市场导入、平台搭建、技能培训五项举措，有效提升台江银饰、刺绣产业的层次，帮助贫困妇女就业脱贫。

项目自2019年5月实施以来，已完成大师级饰品、女装产品设计50余款，先后与腾讯公益、网易严选、王的手创、小巷三寻等线上平台合作，从杭州子卯文化创意公司等文创企业成功导入3000余万元的订单，实现

500名以上贫困绣娘就近就业，人均年增收1.5万元以上。

同时，台江县各相关部门通力合作，紧紧围绕锦绣计划，通过"妈妈制造"、三女培训、星光工程等项目开展多种绣种技能提升、订单导入、骨干绣娘等培训，不断推进锦绣计划顺利实施。

2019年末，台江县8个乡镇超过百名苗绣师用近18个月完成的长22米的《锦绣台江》绣卷，在法国全国美术协会沙龙上获卓越工艺奖。

"在东西部扶贫协作帮扶下，我们台江苗绣首次在国际艺术展上获得最高奖项，为台江苗绣的继承和发扬提供强有力的政策支撑，也给苗绣行业发展注入一剂'强心剂'。"台江县妇联副主席周兴文说。

全县各村已建立10个扶贫工坊，扶贫工坊负责人分别由各村妇联主席、执委和骨干手工艺人担任，帮助工坊建立贫困绣娘扶贫卡，根据绣娘绣种特长，因人施策，带动贫困绣娘脱贫致富。

除此以外，台江县为拓展思维、开阔视野、提高技艺，多次组织百名骨干绣娘赴北京、杭州、苏州、上海、贵阳等地参观学习。通过学习培训，绣娘掌握了各类绣法和营销模式，技能也得到不断提升，使绣娘们得以更好地实现"绣着花、带着娃、挣着钱、养着家"的愿望。

截至2020年6月底，台江县大批农民和城镇居民通过从事传统手工艺生产走上致富路。全县各村建立20余家苗绣扶贫工坊，辐射带动全县2.5万余名绣娘增收致富，为打造沿海发达地区和东南亚旅游市场银饰、刺绣工艺品的生产、批发、交易基地奠定基础。

（文／李卓檬）

苗家人的锦绣"致富路"

"巧夺天工,非此词莫属!从施洞走到长滩,无论是银饰还是苗绣,那叫一个精巧哇!我们相信优秀的苗族文化定会不断走向世界,走向更大的舞台!"在"2018全国知名新媒体活动走进大美黔东南"活动最后一站台江县,一众媒体人由衷地赞叹道。

以前,台江县施洞镇一带的苗族银饰刺绣仅仅是作为苗族人民的文化象征。由于经济问题,能够拥有完整的银饰人家少之又少,银饰加工匠也只有仅仅传统的几家。

现在,施洞镇上银饰商店鳞次栉比,店内柜台上摆放着的发饰、耳坠、银戒指、手镯等银饰作品琳琅满目,让人眼花缭乱,展示的刺绣也精美绝伦,让人不禁竖起大拇指。近年来,施洞银饰、刺绣因其蕴涵的独特匠心而远销国内外,不少中外旅游者纷纷慕名慕名前来,真可以说是银饰"敲"出一片致富天,刺绣"绣"出一条致富路。

银饰抱团踏上脱贫路

施洞镇位于清水江畔,历史悠久,丰富多彩,银饰手工制作工艺精湛,堪称一绝。岗党略村位于施洞镇东面,是一个具有浓厚苗族风情的村寨,有着100多年历史的银饰刺绣加工手艺,多项技艺被列入国家非物质文化遗产名录。随着改革开放的春风吹来,施洞镇对外开放的程度越来越高,苗族银饰的销售越来越好,如何在发扬民族文化的同时把脱贫攻坚结合起来，带动村民致富，脱掉"贫困帽"，是施洞镇的头等大事。

近年来，施洞镇依托"两节"平台，创建"党支部＋合作社＋十户一体＋农户"运作模式，成立了银饰合作社和刺绣合作社、银饰协会和刺绣协会，在党支部的引领下，在党员的带动下，把农户有效组织起来，推进党建和产业相融发展，先后发展出一批批优秀党员致富带头人。

岗党略村的石家军从10岁开始跟随父亲学习银饰制作，至今有20多个年头了。2010年，他成立了石家军民族银饰拉丝工艺品加工厂，现在有6名员工，其中3人为贫困户，每月工资3000元左右。"生产的产品有些销往国外，有些销往国内，在贵州这一带销量比较大。下一步打算把加工厂规模扩大，让银饰产业带动更多的人脱贫，带动更多的人致富。"石家军满意地说道。

国家非物质文化遗产"苗族银饰锻造"传承人吴水根于2010年在岗党略村注册成立了贵州省台江县水根民族银饰有限责任公司，带动当地群众通过银饰加工奔向致富道路。在吴水根的带动下，施洞镇的银饰加工越来越红火。从20世纪90年代末的一户几万元销售额，到2018年平均每户年销售额达15万元，现在全镇年创产值达上千万元。如今的岗党略村已经注册成立银饰合作社和刺绣合作社、银饰协会和刺绣协会，有从事银饰刺绣的企业38家、经营户208人。2017年以来，已经带动18户贫困户共76人脱贫致富。

游客在观看施洞银饰作品发出这样的感叹："银饰制作工艺堪称精湛，作品十分优美，这些都能展现民族文化的底蕴，只有文化自信后才能有我们的立足之地。"

绣娘牵手步入脱贫路

悠扬的苗族飞歌从巴拉河畔的长滩村苗家吊脚楼上传出，苗族绣娘们三五成群，身穿着苗装，聚作一堆，围着火炉，一边唱着苗族飞歌，一边做着针线。运用破线绣、平绣、锁边绣等技法在每个绣片上绣出栩栩如生的纹样。苗族刺绣是苗族人民以勤劳和智慧创造的一门艺术，堪称"无字史书"，其蕴含的文化内含可折射出苗族的历史和变迁过程，具有极高的文化品味。从前，刺绣技能是每家每户女性必须掌握的生活技能；而现在，刺绣成为了脱贫的"助推器"。

"我是长滩村的一名绣娘。每天我都在这里和村里其他的绣娘讨论绣什么花样好看，也向老一辈学习刺绣。"绣娘张美花说，长滩村的绣娘老老少少加起来有200余名，而一套精美的苗族服饰售卖价格至少在2万—3万元，甚至更多。

长滩村位于老屯乡南侧，临秀美的巴拉河而建，是中国第二批少数民族特色村寨，独木龙舟、刺绣、银饰、姊妹节形成长滩独特的文化符号。近年来，长滩村通过实施"锦绣计划"项目，分类扶持发展银饰刺绣产业。通过"公司+合作社+农户"等模式，将刺绣文化产业扶贫项目落实到贫困农户中，实现精准扶贫。"十户一体"创建以来，家家户户的女性通过刺绣技能实现增收，利用苗绣带动脱贫。

58岁的龙通花，是老屯乡长滩村人，也是苗绣致富的带头人之一。多年来，她积极开展苗绣传承培训活动，对苗绣的传承和发展起到了一定的推动作用。在本乡培训的人员已有300多人掌握了苗绣技法，能独立完成自己的绣品，生产的苗绣产品销往全国各地。同时她还深入农村对培训人员进行指导，并收购她们的苗绣产品，使广大农村妇女增加了收入，一般年均增加收入1万—2万元，多的达到2万—3万元，经济效益显著。

银饰刺绣开拓致富路

施洞镇岗党略村刘忠嫦创立的台江锦绣图腾工艺品公司，主要以苗族银饰刺绣为主，她将银饰苗绣与现代元素相结合，把民族元素与时尚相结合。她将苗族的刺绣元素加入自己设计的皮包中，看起来既时尚又有自己的特点。如今，公司的淘宝店已经面世，创立了自己的品牌，并且带领她的团队从贵州走出中国，在墨西哥、意大利等地的博览会中展示自己的产品。

近年来，台江县认真实施"锦绣计划"，让绣娘发挥聪明才智，运用一双双巧手，实现了由"指尖技艺"向"指尖经济"的转变。台江县成立了台江县苗手工产业指挥部，由台江县主要领导任组长、副组长，相关部门为成员单位的工作领导小组，负责全面指导全县"锦绣计划"工作，全县各村建立10个扶贫工坊，每个工坊建立贫困绣娘扶贫卡，扶贫工坊负责人分别由各村妇联主席、执委和骨干手工艺人担任。建立台江苗族姊妹街、施洞镇和台盘乡文化产业园等，并发展成为沿海发达地区和东南亚旅游市场银饰、刺绣工艺品一个重要的生产、批发、交易基地，并催生了一批少数民族农民专业合作社。

台江县苗手工业产业从过去的"散兵游勇"式转变为"抱团发展"模式，使台江苗族传统手工艺得到创造性转化和创新性发展。通过"妈妈制造"、三女培训、星光工程等项目，台江县开展了绣种技能提升、订单导入、骨干绣娘等形式的培训，使苗绣种类更加丰富多彩。同时，为了拓展思维、开阔视野、提高技艺，先后带领百名骨干绣娘赴北京、杭州、苏州、上海、贵阳等参观学习，通过学习培训后，绣娘掌握了各类绣法，技能也得到不断提升。台江县还多次邀请资深团队到台江，对骨干企业绣娘开展电商技能培训、女创客远程创业培训等。

台江县手工艺经纪人代表石传英、张艳梅、徐徐升等人分别到北京、上海、杭州、深圳、重庆等地考察学习和进行产品推广后，接到了不少苗绣产品订单。绣娘新秀邰清美、张丽、杨小燕等参加了北京时装周、北京798尤伦斯毕加索艺术展，还被推荐参加杭州展示会、贵州民博会。为了让"非遗"苗绣扎根易地移民安置小区，让绣娘实现"小区内绣花，小区里守家"，与中国妇女发展基金会"妈妈制造"项目开展合作。通过设计支持、品牌推广、订单导入、平台搭建、技能培训五项举措，引入了300万元东西部扶贫协作帮扶资金，实施公司化运作，带动了手艺人和小微企业"两个主体"，形成"一社多坊"组织架构，已经实现500名以上妇女就近就业，促进增收致富。

"妈妈制造"项目自实施以来，已与360名贫困残疾妇女形成利益联结，每人分红500元，已经建成并投入使用14家工坊。在订单导入上，与杭州子卯文化创意公司等文创企业合作，共计导入三年近3000万元苗绣劳务订单；与深圳开物成务公司达成合作协议，预计每年将导入不低于500万元的订单。同时，银饰主导企业实现3000万元的年产值。完成杭州市余杭区小学课本书皮制作任务；独立设计制作拥军送新兵纪念品等，在设计支持上，已完成饰品、女装等20余款产品设计。在品牌推广上，台江刺绣分别亮相纽约时代广场、北京时装周、北京798尤伦斯毕加索艺术展、杭州国际布艺时尚峰会，让苗绣走出苗疆、走向全国、走向国际。在上海"星火燎原—鱼你相依"首饰设计大赛中，设计师们将112件作品的知识产权免费捐赠给台江。

台江县还组织百名绣娘，用一个月时间绣出了长22.6米、宽1.5米的《锦绣台江》画卷，此画卷受邀参加法国和英国时装周展示。2018年6月，阿根廷国家电视台到台江拍摄苗族银饰锻造、苗族刺绣技艺以及少数民族人文风情，作为G20布宜诺斯艾利斯峰会的宣传片断，向全球展示了台江苗族文化、苗族技艺和锦绣计划。

台江县牢牢守住发展和生态两条底线，在充分用好民族文化这个宝贝的同时，以加强生产建设、强化品牌建设、创新销售模式链为抓手，推进银饰刺绣产业快速发展。2018年，全县银饰刺绣从业人员6156人，其中刺绣4104人、银饰2052人。2017年，全县文化产业在全县经济发展中的贡献率为5.35%。其中，银饰刺绣企业和个体共占全县文产单位总数的92.4%。银饰刺绣小微企业235户，实现销售收入18505.5万元，同比增长33.8%，实现利润4544.46万元，解决1200余人就业。严寒的来临让树叶凋零，让万物孤寂，不变的是银饰叮当的锻造声还在响起，绣片上的针线穿梭不停，台江苗族银饰刺绣就像是脱贫路上的铿锵玫瑰，一路砥砺前行，带领台江人民奔向"致富路"。

（文／祝芷媛）

大山深处的爱

在黔东南州的土地上，有一批来自杭州市的老师们，他们响应党和国家脱贫攻坚、东西部扶贫协作的号召，挥别西子湖畔，来到大山深处，只为给山里的孩子们一个更美好的明天。2019年3月，在杭州市教育局的大力支持下，杭州市援派台江县中等职业学校（以下简称"台江职校"）支教团组建完毕，一行6人开始了为期一年半的支教工作。时光如水飞逝而过，在即将结束支教工作的时候，来自杭州市人民职业学校的高锐老师代表支教团作了临别的演讲。

以爱启航　筑梦黔行

2019年3月的一天晚上，我突然接到我们书记的一个电话，他跟我说，组织上想派我到黔东南州去支教。这对我来说真的非常的突然。远赴他乡人生地不熟，而且要去做专业部主任负责专业建设，这个要求是非常高的。我丈夫平时经常出差，我妈妈的身体情况现在也是每况愈下，女儿平时又很粘着我，当时我真的非常犹豫要不要去支教，一天一夜没有合眼。看着团队整装待发，我是一个党员，我必须积极响应组织号召，所以我决定去黔东南州支教，这就要做好家人的思想工作。我要感谢我的妈妈。她跟我说"现在我的身体情况，虽然大不如从前，但是我应该还能够扛下来。你去吧，家里有我呢！"我还要感谢我的女儿，当我跟她讲起妈妈要去黔东南支教，而且一去就是一年半的时候，我能看出来她内心的纠结与不舍。她思考了许久，和我讲的下面这段话，至今都让我感动不已。她说："妈妈你去吧，这对你和我来说都是一个成长的机会。"就这样，带着领导的嘱托，带着家人对我的祝福，我踏上了奔赴台江的支教之路。

初到台江，我爱上了它淳朴的美！台江县城虽然不大，但风景秀丽，尤其是翁你河的夜景。夜晚，翁你河畔的风雨桥非常的美。

第一天到达台江职校，我震惊了！因为出发前我对这所学校的了解非常有限，甚至在我的想象中当中，这是一所破旧的、需要重建的学校。当我看到学校的全貌时，我震惊了。学校依山而建，校门口很大气的标志性的木鼓，让整个学校看起来很有艺术气息。当时我就暗下决心，一定全心全力投入学校高质量发展内涵建设。我们团队一定要把台江职校建设成富有特色的百姓认可的一流职业学校。

坚守奋进创新　凡事皆有可能

在张帆校长的带领下，我们撸起袖子加油干！我们多方调查研究，科学论证，定位五大专业方向与人才培养方案。实施教师青蓝工程，迅速提升教师素养。校领导和专业部长带队，先后带领60余名教师轮流到杭州优质职校跟岗学习。我们与本校教师开展师徒结对，一对一传帮带，以提升青年教师专业素质。我们积极探索校校合作、校企合作，努力提高学生素质。

我们一起参与辅导学生在2019年各项比赛上取得了优异的成绩。我们多措并举，高质量超额完成2019年招生工作。高标准的支教工作要求我们必须要有思想、有情怀、有精力、有体力、有耐力、有实力，要能说会写、能算会导！支教期间除了工作以外，我们也不忘不断的充实自己，加强学习。

难忘我们顶着炎炎烈日前往贵阳、凯里等地及各帮扶学校拍摄2019

年五大专业招生宣传片。难忘我们团队成员和本地干部一起在中考前，深入凯里、剑河、施秉、三穗、镇远等地几十所初中学校，开展"贵州模式＋杭州特色"的台江职校高质量发展招生宣传。难忘我们通宵达旦并肩奋战，成功举办首个"职业教育体验开放日"活动，提升社会和学生对台江职校的认可度。难忘我们走村访户，逐一劝返辍学的孩子。汽车行驶在崎岖的山路上，我们时常会因为晕车而呕吐，很难受！但是一想到通过我们的努力会影响一个孩子，改变他一生的命运，我觉得一切付出都是值得的。

我们的6人团队既是杭州教育的形象代言人，又是校际间加强交流增进友谊的光荣使者。在支教期间，各级领导曾多次来台江职校看望慰问我们，让我们支教教师倍感温暖。我们获得的成长是因为背后无数人的支持。尤其是杭州市教育局的领导以及台江县领导。

我们的"娘家人"对我们也是特别关照，对我们所援建的台江职校更是有求必应。所以我们每一个人都树立了这样的目标，那就是能从"娘家"要的决不让"婆家"出。开放日没有服装，一个电话，"娘家"马上寄过来。不仅如此，还回去的时候我们还邮费到付。专业建设过程当中存在困难，学校马上派出专家团队来到学校进行短期的支援。在工作的过程中遇到任何问题和困难，只要一个电话，"娘家"便迅速作出回应，出资、出人、出力。所以，在这里遇到再大的困难我们也不怕，因为我们有强大的后援团。2020年6月30日，我的"娘家"——杭州市人民职业学校为了给2019级学前台江班的孩子们学习生活画上一个完美的句号，我们多方联动，举行了"杭台情一家亲——2019级学前台江班的云毕业典礼"。在典礼上，师生们共同回忆一年来一起走过的点点滴滴，情到深处所有在场的师生都落下了感动的眼泪。

离别的季节总是会有伤感。这几天在校园里碰到学生，他们总会动情的说："高部长，您真的要走了吗？我们舍不得您走。您要来看我们啊！

我们会想您的。"学校的风雨小广场上，经常可以看到支教的老师和学生们在合影留念，希望用镜头记录下永恒的瞬间。孩子们更是挖空心思，为我们筹备欢送会。这点点滴滴，我们都铭记在心。台江就是我们的第二故乡，我们有机会一定会常回来看看。

丰盈精神世界　体验别样人生

如果问我在台江的支教生活累不累。我想说："真的很累。"我们经常利用晚上休息的时间训练、排练、开会。因为高质量发展要做的事情太多了，只能利用休息时间。

我们要写方案、做材料，汇报总结、问题分析、情况汇总……除此之外还有各种调研工作需要跑。有的时候忙不过来，真的感觉很苦、很累。当然，不管多苦多累我们都能扛过来，最让我们感到"心"苦的是对家人的思念和对孩子的惦念！成绩进步了吗？和同学相处的怎么样？每当我同年仅10岁的女儿通话的时候，她总是对我说："妈妈，你放心，我会管好自己的！"女儿的懂事，让我对工作充满了动力。

一年半的支教生涯即将结束。和来的时候相比，我的心理更加成熟，也已然爱上了台江这片沃土，爱上了这里的苗族风情，爱上了这里的憨厚朴实，爱上了这里的每一个黄昏和黎明。从台江老师的身上，我看到了他们的以身作则和忠于党的教育事业；从上级领导的嘱托中，我看到了职业教育的美好未来；从孩子们朗朗的读书声中，我看到了成长和希望。在这里，在台江，在职校，有一种无形的精神在陶冶着我的心灵。

（文／邹冉　高锐）

职业教育点亮脱贫梦想

第三届中华职业教育创新创业大赛中，苗绣作品《点睛苗绣》获国家级项目竞赛三等奖、优秀指导教师奖三等奖、省级一等奖。走进台江县中等职业学校苗绣教室，一眼就能看见挂在墙上的三块金色奖牌。

"这可是我们学校建校33年以来第一个国家大赛奖项。"台江县中等职业学校旅游服务管理专业"非遗"传承班2班学生王贤勇一边现场演示苗绣技法，一边介绍道。《点睛苗绣》是一块半圆形、设计精美的苗族绣品，通过将设计精美的苗绣搭配在校服胸前左半边，既给校服增加色彩，又别具一格，深受大家喜爱。

参赛的台江苗绣作品《点睛苗绣》共有五件校服，是由王贤勇等5名学生在两名任课老师的指导下，用了一个多星期的时间完成的设计绣制。

由于该作品的绣片与潮流单品无缝融合，起到点睛之效，所以称之为"点睛苗绣"。主要运用平绣传统针法和技巧，在小小的图案设计上，运用丰富的变形和夸张手法，展现苗族创世神话传说，反映了苗族迁徙的历史过程以及生产生活风貌。

"作品虽小，但十分精美，能拿到国家级和省级的奖项并非偶然。"苗绣老师邰海音说，"这不仅是我对我们本地苗绣文化的自信，更是我们大胆尝试创新苗绣作品的体现。"

台江县是国家级扶贫开发重点县，素有"天下第一苗县"之称，境内苗绣文化资源丰富。在这里，孩子从小就跟着妈妈学刺绣。刺绣技艺多样、精湛，但一般只用于传统民族服饰或者鞋帽等装修，很少作为商品销售。

对于大山深处的学生们来说，苗绣也许只是衣服上的图案。为让这些孩子能将传统手艺变成一门致富手艺，台江县中等职业学校在杭州市的对口帮扶下，引进了先进的职教理念，开通非遗专业，让学生能够更加系统、专业地学习，从而将传统文化变成致富门路。

台江县中等职业学校旅游服务与管理专业部部长戎丽平说，苗族刺绣作为非遗传承方向主要课程之一，承载着民族文化传承和专业建设发展的重任。这些绣品可以带来可观的经济收入，是脱贫攻坚的重要渠道，同时对培养"非遗"传承人和发展旅游业具有重要作用。

台江县中等职业学校党支部书记、校长张帆说："此次《点睛苗绣》获得全国、全省职业教育创新创业大赛大奖，表明传统苗绣的创新得到了全国刺绣艺术界高度肯定，意味着台江苗绣作为非物质文化遗产传承具有不可估量的社会价值和市场前景，为学生以后就业或者创业提供了有力的支撑。"

台江县中等职业学校的学生正在刺绣

"教育是阻断贫困代际传递的治本之策。"在决战脱贫的关键时期，高质量发展号角再次吹响。在推进高质量发展的过程中，杭州市针对台江县中等职业学校专业建设弱、人才培养方式有缺陷的现状，通过"立、改、废"，构建学校新的制度体系、运行体系、人才培养体系、学校运行保障体系，推进高质量发展，制定了《台江县中等职业学校高质量发展三年行动计划（2019—2022）》。

2018年至2020年的三年间，杭州市余杭区每年投入1000万元东西部扶贫协作资金，用于学校建设和设备采购。学校围绕"产教融合、校企合作、工学结合、知行合一"的人才培养模式，引进上海汽车集团、广州笑笑教育集团等全国大型高端企业参与联合办学，确保学生毕业高质量就业。

学校管理团队一直致力于校企合作和精准就业两项工作，在合作的企业中，不但有上海汽车集团、西子奥的斯电梯有限公司这样的大型企业，还与台江盛丰田园生态农业科技有限公司、凯里市人民医院、台江县人民医院、台江县第一幼儿园等本地企事业单位合作，协同培养人才。

在教学过程中，台江实施中高职贯通的"3+3"培养模式，确保优秀毕业生顺利升入贵州轻工职业技术学院、贵州交通职业技术学院、贵州护理职业技术学院等院校相关专业就读，确保学生就业多渠道、毕业高质量。

在2019年的368名毕业生中，升学60人、就业303人，就业率98.6%。在就业方面，省内就业210人，省外就业93人，毕业生的平均收入为每月2800元左右。

司文鹏是杭州市到台江的挂职帮扶干部，在他看来，发展职业教育的一个重要目标，就是要让受教育对象掌握一技之长，让他有更好的出路和收入。"今后，我们还将不断加强校企联建，按照杭州企业的要求来培训、培养，让学生毕业之后就在杭州就业。致力于用三年时间将台江县中等职业学校办成一所具有民族特色的省级示范中等职业学校，有序推进黔东南州现代服务业人才、装备制造业人才、新时代农村实用人才和农村劳动力转移就业、民族非物质文化遗产传承等培训基地建设，实现'就业充分，收入不错'的目标。"司文鹏说。

（文／李卓檬）

"菜单式"组团送教

"王老师,请您帮我看看这道题目怎么求解?套用的公式对吗?我对这个知识点还不是很了解,能请您再帮我讲解下吗?"

"我看一下,你用这个公式是对的,只是你对知识点还不够熟悉,导致你的解题步骤不完整,我给你重新讲解,你要认真听哟!"

……

在榕江四中九年级部教学区的答疑室里,杭州市桐庐县帮扶教师王迎春,正耐心地给榕江四中九年级学生潘小漫答疑解惑。

"我们这个答疑室有6位从桐庐县来帮扶的教师,每天晚上都有老师轮流坐班,学生有任何学习上的问题都可以过来咨询我们。"王迎春说,通过这种方式,既能有针对性地帮助学生提高成绩,又能进一步增进师生之间的交流。

桐榕班学生石禹恒说:"我的父母都在外面务工,平时跟着爷爷生活,课后根本没人辅导功课。现在好了,在课后做作业的过程中,我要遇到不会做的题目,直接去答疑室咨询老师。老师会逐一教我,而且还教我做学习笔记,成绩比原来好多了。"

榕江四中副校长周锋说,开设答疑室是为了给学生提供便利,把桐庐县帮扶教师集中在一起办公,这里有全学科的教师,完全能够做到学习上的难题一站式解决。每晚的学生晚自修时间,不仅是桐榕班的学生,其他班级的学生都可以过来咨询问题,这才能做到答疑解惑。

而在丹寨县,冯琛莉、冯福森和贾凤华等7位来自杭州市滨江区的教师也一样组队成团，为丹寨县中小学带去了丰富多样的公开展示课、专家讲座和一系列爱心公益活动，并把"学习越来越有趣""教学方式越来越多元"的教育理念播撒到了丹寨老师和学生心间，为当地的教育事业发展注入了"新鲜血液"。

同时，丹寨县中小学可以向滨江支教小分队"点单"。例如，2019年6月，丹寨县长青小学便向滨江支教小分队"点单"一场教学公开课。

在课堂上，杭州市滨文小学的体育教师冯福森一边演示游戏规则，一边鼓励孩子们参与其中，激发了孩子们对足球的浓厚兴趣。不少孩子纷纷表达想多学习足球的意愿。

"为了方便我们'点单'，滨江支教小分队的老师们整合教学长项、区域资源，提供个性化'菜单'，把自己的教学优势和教学特色一一罗列出来，进行'点菜式'对接，实施'配菜式'送教，更好、更加精准地推动了丹寨县的教育事业发展。"长青小学校长王凡繁说。

在滨江支教小分队看来，杭州市滨江区的教育"长板"是把课堂"还"给孩子们，激发孩子们对学习的兴趣，同时带动孩子们对各类学科的学习渴望，而这样的公开课也为丹寨的老师们打开了新思路，使"我说你记"的课堂气氛渐渐改变。

2019年5月以来，杭州市滨江区共派出了16批送教小分队到丹寨县，覆盖了小学、初中、高中、职高、幼儿园各个学段，涵盖了长期、中期、短期的各类型支教教师。一方面，杭州市通过"组团式"帮扶，着力实现培养优秀人才、改善设施设备、建立重点学科、完善工作制度、更新工作理念、构建先进文化的目标，从而对本地学校进行全方位、多层次、系统性的重塑。另一方面，杭州市推动建立结对帮扶关系，针对教育存在的短板和需求明确帮扶责任和具体措施，形成一对一、多对一的结对帮扶格局。优先选择县级学校等辐射带动能力强的学校作为帮扶重点，集中力量、集聚资源、集合要素，示范带动其他学校教育水平全面提升。

开展教育"组团式"帮扶,是杭州市和黔东南州两地贯彻落实中央部署要求、纵深推进东西部扶贫协作的重大创新。杭州市通过统筹整合帮扶资源,精准有效补齐当地教育短板,为黔东南州培养一支高水平的基层教育人才队伍,整体提升了一批学校的教学水平。

(文/李卓檬)

撒下种子，就会发芽

在东西部扶贫协作中，杭州市始终以"打造一支带不走的优秀教师队伍"为总目标，通过"走出去、留下来"的方式，为黔东南州引进了大批东部优秀教师，并多次安排黔东南州本地教师"走出去"学习。

2020年5月，丹寨县教育局团工委书记罗会促到杭州市滨江区教育局跟岗学习，既学习了东部地区老师们上课的方式和全新的教育理念，又了解了杭州市的先进教育管理模式，对罗会促今后的管理工作很有帮助。

"精准、充实、高效、满意"是罗会促跟岗学习时的总结。在罗会促看来，杭州市滨江区教育局领导十分重视这次跟岗学习活动，制定的跟岗方案不断细化，真正为老师们做好服务，令她十分感动。

"今后有机会的话，我还要积极争取来杭州市学习，不断提升自己的能力，帮助更多孩子考上好学校。"罗会促说，为了达到学习效果，每一期跟岗学习的老师每周都要求有总结和反思，促使大家更好地提升自己。

2019年5月至2020年6月，丹寨县共选派了132名教师赴杭州市滨江区学习，每批学习小分队均有县教育局领导带队，根据教师不同的跟岗学习需求，杭州市滨江区教育局选派各学科的优秀教师作为"师傅"，真正的让丹寨县的教师能心有所属，学有所获。

近年来，黔东南州借助杭州市丰富的优质教育资源优势，大力实施教师技能提升工程，让各县（市）老师分批远赴杭州市各大中小学和职业中学跟岗学习，使黔东南州学校的管理水平和办学质量得到有效提升。

以凯里市为例，先后安排了大批老师到杭州市培训，参加各类教育

苗族妇女正在接受培训

培训达1200人次，并安排了优秀教研员、骨干教师参加杭州市西湖区"教研周"活动，全面学习杭州市西湖区"个性化、现代化、国际化"的教学经验，并通过这些教师"嫁接"杭州经验，在全市各学校推广开展教研活动。

如今，黔东南州已有354所学校与杭州市的学校建立结对关系。其中，2018年至2019年，共选派1960多名中小学校校长、骨干教师、中层干部等到杭州市挂职锻炼、跟班学习及培训。

除了"走出去"，还通过"请进来"的方式拓宽教育资源。台江县中等职业学校在短短一年的时间里，通过邀请杭州中华职教社、杭州市电子信息职业学校等学校赴台江进行实地把脉问诊，专家进校开展问诊课堂、专业讲座、师徒结对、项目引进等活动，共举行37场讲座、32节名师示范课。

在东西部扶贫协作对口帮扶中，杭州市通过"送出去，请进来"的方式，按照"人人上公开课、人人参加培训、人人参加听课评课"的三个

"人人"要求，杭州市的教育帮扶团队为本地教师"站稳"课堂提供了坚实的保障，帮助黔东南州的教师在教育理念和综合素质上迅速提升，使教育深度帮扶取得实效。

2019年，杭州市教育帮扶团队的专家、教师们成立了"名校长工作室"和"对口帮扶特别贡献专家工作室"，积极推进黔东南州教育事业发展。

其中，刘诚平"名校长工作室"运行一年后，使从江一中的教学质量得到显著提升，2019年12月学业水平考试所有学科考试平均优良（A等、B等）率为68.11%，超过贵州省示范性高中优良（A等、B等）率必须达到65%的要求，较前几届有大幅提升。

杭州市教育帮扶团队的专家、教师，不仅是本地干部、教师依靠的肩膀，更是他们成长的垫脚石。在刘诚平等帮扶名师和专家们看来，帮扶的时间是有限的，所以在教育扶贫过程中要坚持"教师走到杭州去，杭州专家请到凯里来"，才能使本地干部、教师快速成长起来，努力打造一支带不走的优秀教师队伍。这样学校才能实现可持续发展，而这也是"组团式"教育帮扶要实现的最终目标。

（文／李卓檬）

这里没有"辍学"两个字

破烂低矮的旧木房,倾斜的木柱,堆着鸡粪的地面……初次到黎平县时,从教经验丰富的马林,被眼前的一切吓懵了:简直不敢相信现在还有人住在这样的环境里,听说好几个老师都因条件太差而离开了这里。

了解到黎平县贫困家庭孩子们的艰难求学之路后,从2012年开始,马林就利用假期与公益组织的支教老师们一起,来到黎平县黄岗村小学义务支教,这一坚持就是整整八年。

2020年2月,在东西部扶贫协作帮扶项目带动下,马林通过自荐和组织推荐的方式来到黎平县教育和科技局挂职。"多年来,我一直义务支教黎平县。如今杭州市下城区对口帮扶黎平县,我第一时间就主动报名了,希望能为黎平的教育事业贡献一份力量。"马林说。

从东西部扶贫协作项目启动以来,不少干部请缨前来挂职、支教。为了帮助更多孩子走出大山,杭州市下城区派驻黎平帮扶工作组不定期地组织实地调研活动,通过完整的调研报告有针对性地开展教育扶贫工作。

帮扶工作组通过调研发现,黎平县双江镇高求村整个村寨1000多人,考上高中的女孩子只有1人。"如果不是亲眼所见、亲耳所闻,根本无法想象还有这样的现象存在。"马林说。

为此,帮扶工作组专门针对部分边远贫困少数民族村寨群众存在的重男轻女的观念,以及导致的一些女生初中毕业后就外出打工,升学率不高的现象,积极探索创新扶贫协作方式,实施了"山凤凰"关爱女生计划。

为了使该计划能够成功落地,帮扶工作组充分利用东部的资源和优势，找到杭州市东恒石油有限公司等企业捐赠资金，对女孩从初中毕业到考入大学实行"3558"，即给予3000—8000元的现金奖励，并设立助学基金，以奖学金、助学金方式鼓励少数民族贫困山区女生通过读书走出大山、改变命运。

"女学生中、高考成绩一旦公布，不仅要贴出喜报，还要敲锣打鼓吹着芦笙送奖励上门，让全村人都知道，让好事传千里，让女孩子升学比出嫁更光荣。"马林说，"教育帮扶是'拔穷根'的根本之策，越是贫困的地方越需要知识的力量，我们希望通过这种最简单、最直接的方式，引导家长们，重视自己孩子的教育，助力山窝窝里飞出更多'金凤凰'。"

黎平县顺化乡己贡村瑶族女孩刘妹生便是"山凤凰"关爱女生计划的受益者，她通过该计划的帮助以686分的中考成绩成为全村第四位女高中生。"我相信越努力越幸运，以后，我还要成为全村第一位女大学生。"刘妹生信心满满地说。

杭州市不仅聚焦落后地区的女孩受教育的情况，还十分关注贫困学生，先后在黔东南州民族高级中学、从江一中等学校，开设"杭黔扶智班""萧从励志班"，招收贫困学子315名，免除学生的学费和生活费用；在黔东南州民族职业技术学院开办以贫困学生为主的"吉利成蝶班"。

自2017年杭州甘霖助学基金会帮助台江创办"甘霖班"，现在高中三个年级各有一个"甘霖班"，学生共计151人。"甘霖班"的学生，学校除了免收他们的学费、住宿费、书本费等外，甘霖基金会每年给予每位甘霖生2500元的生活费补助，按每学期1250元的标准发放。

不仅如此，黔东南州工业学校、黔东南州中等职业技术学校、凯里市第一中等职业技术学校、丹寨县中等职业学校、台江县中等职业学校和岑巩县中等职业学校职校与杭州市7所帮扶职校签订对口帮扶协议，通过"1+2""2+1"等联合培养方式，输送601名建档立卡贫困学生到杭州各类职业技术学校就读。此外，每年杭州市总工会利用"春风行动"

的300万元资助贫困学生1000名。

东西协作结硕果,教育帮扶情谊深。以"不让一个学生因家庭困难而辍学"为目标,杭州市发动利用东部发达的教育资源和各种社会力量,从教学方法、教学设施、教育资金等多个方面,帮助黔东南州各县(市)贫困学生走出大山,培养更多有技、有智、有志的技能人才,让帮扶之路更精准、更有效。

(文/李卓檬)

医疗卫生

"组团"来的健康"守护神"

"重症医学科成功开展首例纤维支气管镜引导下经皮扩张气管切开术""泌尿外科首例腹腔镜下精索静脉曲张高位结扎术"……在台江县人民医院微信公众号上,诸多"首例"刷新医院纪录,更记录着医院的进步。

被誉为"天下苗族第一县"的台江县属于国家级贫困县。全县17万人中有建档立卡贫困户2.6万。由于管理理念缺失、人员观念落后、技术水平低、人才匮乏、设施设备紧缺老旧等原因,全县看病远、看病难、看病贵等问题曾十分突出。

对很多人来说,关于未来的美好期许不外乎是一家老小的安康与幸福,"病有所医"是共同的愿望。

"原来县医院设备老旧、环境差,很多检查做不了,只能去州里或者省里的大医院。"谈起在台江县人民医院的就医情况,革一镇田坝村村民陶妹英说,"现在县医院干净整洁,还有很多来自大医院的专家,在家门口看病更方便。"

变化,始于2013年国务院开展东部对口帮扶贵州省工作。在东西部扶贫协作中,杭州市和黔东南州牵起了千里之缘。一笔笔民生援黔资金、一个个民生援黔项目,让当地群众病有所医,也把黔东南州和杭州市紧紧联系在一起。

2016年4月，应中组部帮扶台江工作组和台江县委、县政府之邀，浙大二院与台江县人民医院缔结对口帮扶关系。一个月后，台江县人民医院有了新的身份——浙江大学医学院附属第二医院台江分院。

作为"组团式"帮扶的核心人物，年过半百的浙大二院急危重症科护士长汪四花被委以重任，担任台江分院院长。

2016年9月8日，是汪四花到任的第一天。刚到台江医院，呈现在汪四花眼前的是：院子里落叶堆积如山，门诊楼里病人寥寥无几，器械药品乱堆乱放……交接班后，她得知，医院还有4000万元债务。"新员工来了都没有白大褂，后勤买一把锁都要来问我，说是没钱。"困难超乎想象。

不服输的汪四花暗暗发誓，"既然来了，就要干一番实事"。

帮扶工作开展以来，浙江大学投入1850万元帮扶资金，为台江分院购置了1.5T核磁共振成像系统、DSA数字减影血管造影机、高清电子胃肠镜等一系列高端临床医疗设备，创建了消化内镜中心、DSA心血管介入治疗中心、核磁共振等新科室，大大增加了台江分院治疗技术保障。

浙江大学医学院先后派出泌尿外科、心血管内科、麻醉科和骨科等专家100余人次到台江分院进行短期帮扶，开展手术400余台次。

2016年5月30日，台江县人民医院正式挂牌为浙江大学医学院附属第二医院台江分院

浙大二院根据台江分院的实际需求，派驻专家帮扶6—12个月，涵盖妇科、消化内科、神经内科、血液内科等16个学科，全面提升了独立手术和诊治疑难杂症的能力。同时，根据台江分院的临时需要，随时派出专家组团到院开展短期精确帮扶。

因地制宜创新帮扶模式，医疗设备更新、医院环境提升、专科专家驻点，使台江县人民医院发生了翻天覆地的变化。

2017年5月，台江分院实现扭亏为盈，自筹资金2000余万元采购医疗设备。

台江县医疗服务技术不断提升，147项新技术、新项目在台江县得到开展，其中台江县医院共开展了新技术、新项目107项。每月有8—12名浙大二院的专家坐诊，全院已开展112项新技术。

在2018年5月开展的全国三级医院对口帮扶贫困县县级医院工作专项督导检查中，台江县人民医院排名第一。

2019年3月，浙大二院"组团式"帮扶台江县人民医院的模式被全国政协委员、黔东南州人民政府副州长胡国珍作为提案内容带到了全国政协十三届二次会议现场。

一年有起色，两年有一定影响力，三年获明显成效，四年实现"辐射周边地区"，五年建成省内具有一定影响力的二级甲等医院——汪四花初到台江分院时定下的五个小目标已经实现了四个。

对于群众，是幸福感的与日俱增；对于黔东南州，是源源不断的健康力量；对于援黔医生，是一个个远离家人的日夜里，一份份医者仁心的坚守。

截至2020年5月底，台江县人民医院门急诊病人增长156%，住院人数增长43%，手术增长158%，转诊率下降了59%，药占比降至23%，外县来就诊的门诊病人增长458%，外县住院病人增长352%，切实解决了台江及邻近地区老百姓看病难、看病远、看病贵的问题，减轻了患者的负担，基本实现了在家门口看病、看好病的美好愿望。

2018年，东西部扶贫协作进一步深化以来，杭州市与黔东南州的对口帮扶关系纵向拓展，实现了州、县、乡三级全覆盖，横向拓宽到综合医院、中医医院、妇幼保健院、疾控中心、急救中心等医疗卫生机构，"组团式"帮扶模式得到全面推广。

帮扶一阵子，牵挂一辈子！一批又一批的杭州市医护人员到大山深处，为祖国的扶贫事业贡献自己的力量。多年来的点滴帮扶正在"开花结果"。

杭黔一家，无问西东，这是结果，亦是初心。

（文／凌忠云）

"白衣天使"汪四花

从青春岁月到不惑之年,人生中最美好的芳华都倾注在热爱的医疗事业里,她就是汪四花,浙江大学医学院附属第二医院急危重症科护士长。

2016年9月,为响应组织要求,她由千里之外的天堂杭州来到苗疆腹地的山区台江,担任台江县人民医院院长,主持医院全面工作。

四年多来,她以温暖的双手和善良的心灵,为患者驱除痛苦、忧伤,给患者以温暖、信心,成为患者心中"最美的白衣天使"、干群爱戴的"巾帼奋斗者"和家人眼中"最熟悉的陌生人"。

患者心中"最美的白衣天使"

"汪医生是一个有爱心的白衣天使。"

在台江县,大家都亲切的称汪四花为"白衣天使",因为她始终站在患者的角度去理解他们、尊重他们,用自己的真诚和爱心一次次赢得病人的信赖。

"到台江后,才发现这里的困难超出了我的想象。"汪四花曾一度想打退堂鼓,但最终她选择留下来——帮患者解除病魔,使她开心,收获成就感。

2016年以前,台江县人民医院医护人员缺乏、技术水平薄弱、管理能力不足。对此,汪四花着力推进外部建设和内涵建设,通过新增和修订《跨科收治病人管理制度》《科主任工作管理制度》《患者身份识别管理系统》等300余项管理制度和流程，完善各项操作常规、技能标准、工作流程近200项，一步步将工作向前推进。

与此同时，汪四花还借鉴浙大二院"7S"管理经验，在台江县人民医院推进"整理、整顿、清扫、清洁、素养、安全和标识"工作，把浙大二院"患者和服务对象至上"的核心价值观植入到台江分院医务人员的心中。

汪四花还为台江县人民医院制定了五年发展规划——一年有起色，两年有一定影响力，三年获明显成效，四年实现"辐射周边地区"，五年建成省内具有一定影响力的二级甲等医院。

四年多来，通过设备更新、技术帮扶、人才培养的"组合拳"，台江县人民医院的诊疗水平整体上了一个台阶。曾经在黔东南州"垫底"的医院也以先进的理念和高超的医疗技术辐射周边地区。

汪四花在工作中（刘刀/摄）

"现在，不仅实现了当地老百姓在家门口看病，还带动了周边地区医疗水平的发展。"让汪四花感到欣慰和自豪的是，在接受全国三级医院对口帮扶贫困县县级医院工作专项督导检查时，台江县人民医院获得第一名的好成绩。

干群爱戴的"巾帼奋斗者"

"医生这个职业是光荣而崇高的，既然选择了这个职业，就必须全心全意地去为患者服务"。汪四花的话语掷地有声。

作为台江县"组团式"帮扶的核心人物之一，汪四花对患者充满同情、对工作满怀热情，始终以仁爱之心善待每一位患者，用爱心、耐心、细心和责任心赢得了患者的信赖。

"做为一名医生，应时时刻刻心系患者，应不求回报、不求名利，要

汪四花在工作中（刘刀 / 摄）

仁心仁术。"她是这样说的，也是这样做的，用实际行动践行了一个医务工作者不忘初心的诺言。

不畏严寒、不怕苦累，急患者之所急、忧患者之所忧、想患者之所想，这是汪四花的做事风格和坚定信仰。

2016年至今，在汪四花的带领下，台江县人民医院规范"120"急救流程、儿科门诊诊治流程、卒中治疗规范流程、危重患者转运交接流程等，并新建学科及平台18个，开展新技术、新项目共196项。

浙大二院共派遣41批次65名专家到台江县人民医院进行"组团式"帮扶，一步步提升医务人员的业务水平和医院的综合服务能力；帮扶专家团队和医院6个骨干科室与台江县6个乡镇的卫生院和卫生室签订帮扶协议，定期进行业务指导、疾病筛查、义诊以及科普宣讲，把服务老百姓纳入科室年度综合目标考核。

此外，还通过选派医务人员学习进修184人，开展新技术、新项目研发196项，医院综合服务能力得以大幅提升，切实解决台江老百姓看病难、看病远、看病贵的困难。

"她是巾帼奋斗者，是我们学习的榜样。"台江县人民医院副院长杨贤如是说。

家人眼中"最熟悉的陌生人"

夏至，台江县人民医院的院落里繁花盛开、绿草茵茵。诊室外面排了一列长长的队伍，汪四花正在一个个地为患者把脉问诊，一天问诊量最多达到600人次，医院综合服务能力的提升让她感到欣慰。

"这是当地老百姓对我们的信任。"汪四花说。

四年多来，她不仅克服了东西部地区在文化、理念、饮食习惯、语言交流等方面的差异，更要舍下年逾90岁的双亲以及爱人和女儿。由于岗位

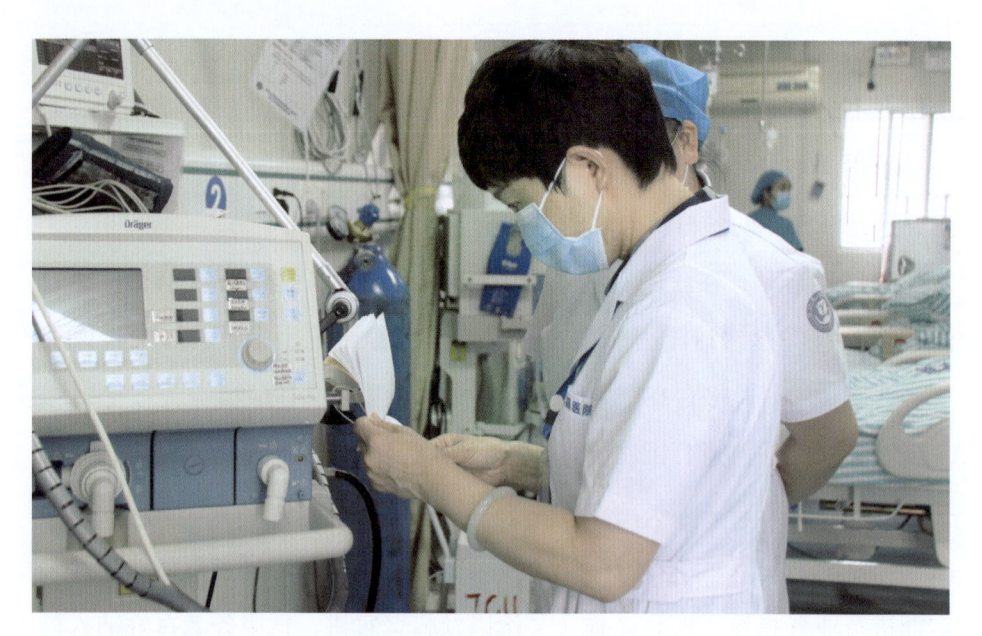

汪四花在工作中（刘刀/摄）

的特殊性和责任感驱使，她几乎很少回家。

"工作中，她是个工作狂，常常顾不上自己，生着病还坚持深入病房了解情况。"对汪四花的执着与敬业，女儿叹道："她都成为我们家人眼中'最熟悉的陌生人'了。"

面对年迈父母、生病的丈夫、难得回国的女儿，汪四花很想回去看看，但组织需要、责任使然，她毅然坚守岗位、无怨无悔，在为患者解除病魔的进程中践行着初心与使命，时时刻刻不体现共产党员的真本色。

"说不想家是骗人的，但杭州是我的家，台江也是我的家，这里需要我。"很多时候，当别人跟汪四花聊起家这个话题时，总会让她愧疚不已、思念万分。但即便如此，她仍一如既往全身心地投入到医疗帮扶的工作中里去。

一分耕耘、一分收获。从医30多年来，汪四花在平凡的岗位上兢兢业业、任劳任怨、刻苦钻研，用自己的付出和行动，树立了良好的职业形象，得到了患者的赞誉和社会的认可。她先后荣获2018年全国脱贫攻坚贡献奖、贵州省脱贫攻坚优秀共产党员、贵州省援黔医疗卫生对口帮扶工作特别贡献奖、第三届县城医院优秀院长奖、公立医院建设优秀管理者奖、2019年度贵州省"三八红旗手"、浙江省巾帼建功标兵等30多项表彰。

（文／石含开）

最是一片真情

2020年1月9日晚8点40分，三进丹寨支医的杭州市滨江区浦沿街道社区卫生服务中心医教（政）科长兼后勤科长张超突发疾病，虽经全力抢救，但43岁的生命仍被定格在了1月10日0点05分。此时，离1月10日上午9点47分凯里南开往杭州东的G1322次列车发车不到10个小时，他原本准备乘坐这趟车回家团聚。

"爸爸给你带了你喜欢的画笔作为新年礼物，等着爸爸给你带回来。"这是他给5岁女儿最后的承诺，却永远无法兑现了。

1月11日，张超"告别"丹寨，丹寨上千名干部群众自发前往送别。

22小时，1500公里。1月12日，张超"回家"了，与他一起回家的还有他给女儿买的画笔。

三进丹寨，张超为何这么执着？

张超与丹寨县的缘分始于2018年10月。杭州市滨江区与丹寨县开展东西部扶贫协作，身为党员的他第一时间报名到丹寨县挂职扶贫。

2019年5月，张超再次要求挂职帮扶6个月。未等期满，他又申请延期两个月。2019年12月，回杭处理一些工作后，张超第三次来到丹寨县。一个月后，他第二次要求延期，这次的时间是一年半。

三次挂职，张超都来到了兴仁镇中心卫生院。他说："基层患者更需要我，我对兴仁镇比较熟悉，还是继续去兴仁吧。"

他的足迹跑遍了兴仁的大小村庄，也跑进了群众的心里。

在兴仁镇，群众们都知道："镇里来了个杭州的张医生。"

让群众在家门口就能实现就医,是张超的心愿。

对于为何三次都到兴仁镇帮扶,张超的回答是这样的:"这里的百姓健康意识薄弱、缺医少药,这里的医护人员也亟需提升专业技术水平,别人来,得慢慢熟悉环境,我对这里情况比较掌握,还是我来吧!"

张超毕业于河北医科大学。毕业后,他一直在杭州市浦沿街道社区卫生服务中心工作,是全科副主任医师。三进丹寨的背后,是张超的情怀与梦想,也离不开家人的支持与理解。妻子虞慧华懂他:"汶川大地震的时候,他就申请去一线,结果没去成。去最需要医护人员的地方,一直是他的心愿。"

在老百姓眼中,张超是带着温暖来看病的。

兴仁镇居民杨再和说:"2019年,我去山上割草的时候,腿磕了一下,留下了一个伤口,结果被感染了,一直都没有好转。"

"我听说镇卫生院里来了位好医生,技术很好,看好了很多病,就想找你来看看。当时你跟我说治疗方法的时候,我有点担心。你跟我说,如果治不好,你负责。听到这句话,真的太高兴了,从来没有医生对我说过这句话。也是因为这句话,我才安心在镇卫生院治疗的。

"没想到我痛了很久的腿,经过你的精心治疗,一个多月就好了。很

张超开展急救知识培训

谢谢你，张医生。"

兴仁镇居民周群标："你医术好，人也好。我做过宫颈癌的手术，在热疗的时候被烫伤了小腹，伤口一直在流脓，白天晚上都很痛。我去过很多家医院，他们给我开了药，让我回家自己擦，也没见什么效果。我是逛街的时候，听说镇里来了一位杭州的医生，就来找你看看。你很细心，帮我处理这个伤口的时候，不嫌臭也不嫌脏。2019年2月底，你给我做了个微创手术，就在我小腹的位置开了一个小口子，我现在已经好很多了。一想到你，我就想流眼泪，大家都说太可惜了，真的太可惜了。"

兴仁镇居民文凤菊："2018年，我得了子宫肌瘤，去很多家医院看过，医生建议我做手术。但不到万不得已，我还是不想做手术的。邻居知道了我的事情，就告诉我镇上的卫生院来了一位杭州的医生，技术很好的。我就想来碰碰运气，拿着报告单来找你看。没想到，你只给我开了药，让我先保守治疗一下。我很想告诉你，吃了你给我开的药，我的子宫肌瘤现在缩小很多了。我真的很想再当面跟你说一句谢谢。"

"你出事前几天，我还在街上遇见了你，我现在都不敢相信你真的离开了我们。"

……

在当地同行眼中，张超是带着思考来支医的。

陈培江医师说："张超副院长来了之后，我们跟他学到了很多糖尿病和急诊急救的医疗知识和技术。有一次，兴仁镇乌地村的村民从高楼摔下造成双下肢骨折，张超副院长现场教会了我们如何先固定双下肢，再送医院治疗的方法。而之前，我们遇到这种情况都是束手无策。"

临床副院长龙昌伟感慨道："以前糖尿病、高血压等危重病人，我们不敢收。自从张超副院长来了之后，技术力量得到加强，这种状况得到了根本性的改变。"

"以前，老百姓一生病就想着去县里；现在，在家门口的卫生院就

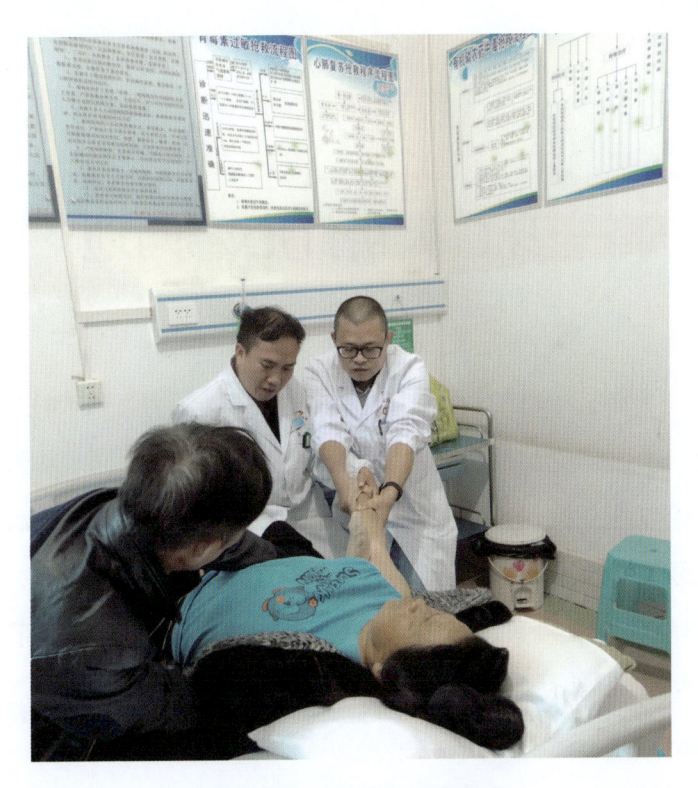

张超（右一）为病人开展治疗

能解决。"兴仁镇中心卫生院院长陈章见回忆说，"张超来了以后就常说，如果病人有什么头痛脑热都要去县、州医院，那镇卫生院就毫无作用可言。"

2019年，兴仁镇中心卫生院门诊病人16979人次，比2018年同期增长了16.06%；住院病人1652人次，比2018年同期增长了30.7%。

见尽世间情，白衣秉丹心！说的就是张超这样的人。张超去丹寨县的目的，是要把杭州成熟的医疗技术和理念带到那边去，他做到了。这是张超来丹寨县后带来的改变，也是张超最想看到的结果。

（文／凌忠云）

一身白大褂红心牵两地

这是一个帮扶干部的责任：走基层建病房，倾力帮扶天柱提升医疗水平；这是一个共产党员的初心：危急关头自贷20万元为同事垫付医疗费。

2018年7月，杭州市余杭区妇幼保健院儿科专家谢红波启程赴黔东南州天柱县，开展为期一年半的县级医院对口医疗帮扶工作，任天柱县妇幼保健院副院长一职。在出发前，谢红波向党组织递交了入党申请书。他说："我要以一名共产党员的标准严格要求自己，尽心尽力做好支援工作。"

谢红波说，刚到天柱县妇幼保健院时，这里的医疗条件让他震惊。20世纪80年代的房子，破旧的医疗设备，儿科没有病房，只有几个门诊窗

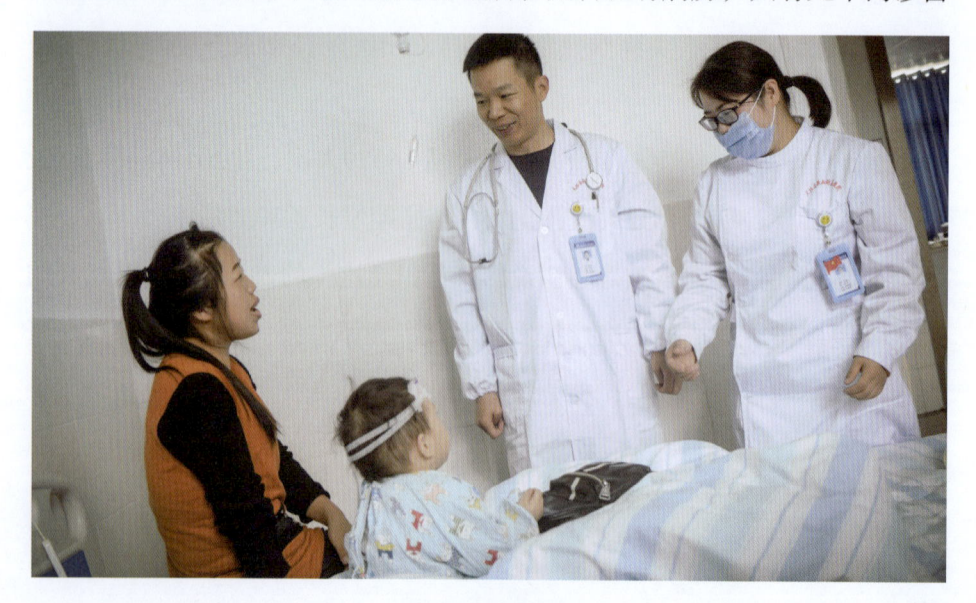

谢红波在带教查房

口，儿科医生严重短缺……

在不到两个月的时间里，谢红波带领同事们迅速组建儿科及新生儿科两个科室，并主动请缨担任儿科主任。

危难时刻挺身而出

2018年12月9日，原本是天柱县妇幼保健院医务人员出发去杭州市余杭区学习的日子。可就在这一天，意外发生了。在赶往三穗县的途中，搭载着医务人员的车辆，由于冰雪天气而发生严重车祸。8位受伤人员被送往最近的三穗县人民医院救治，其中4位病情严重的人员需转上级医院进行手术救治。然而，转院治疗需要近20万的手术费，对于收入并不高的他们来说，是个天文数字。

想着急需转院的同事，谢红波如坐针毡。他突然想到自己有一张信用卡，这张卡可以办理短期大额贷款。想到这里，他立即向医院提出由他办理贷款垫付治疗费用。至于短期贷款需要支付比较高额的利息，这些细节他根本来不及仔细考虑，帮助同事脱离危险最要紧！

谢红波给同事垫付20万元医疗费的事迹在黔东南州流传开来，在天柱县调研的杭州市余杭区委副书记、区长陈如根听闻此事后，对谢红波予以高度表扬，并立即拨款用于天柱县妇幼保健院受伤医务人员的后续治疗。

杭州"爸爸"奔波浙黔解谜团

"我们乡下有个贫困户，家里小女儿得了奇怪的皮肤病，一直看不好，你能帮忙去看看吗？"2019年初，刚来天柱县扶贫几个月，谢红波接到当地干部这样一个邀请。

"这绝对不是皮肤病，应该是某种遗传性疾病。"这是谢红波见到珍

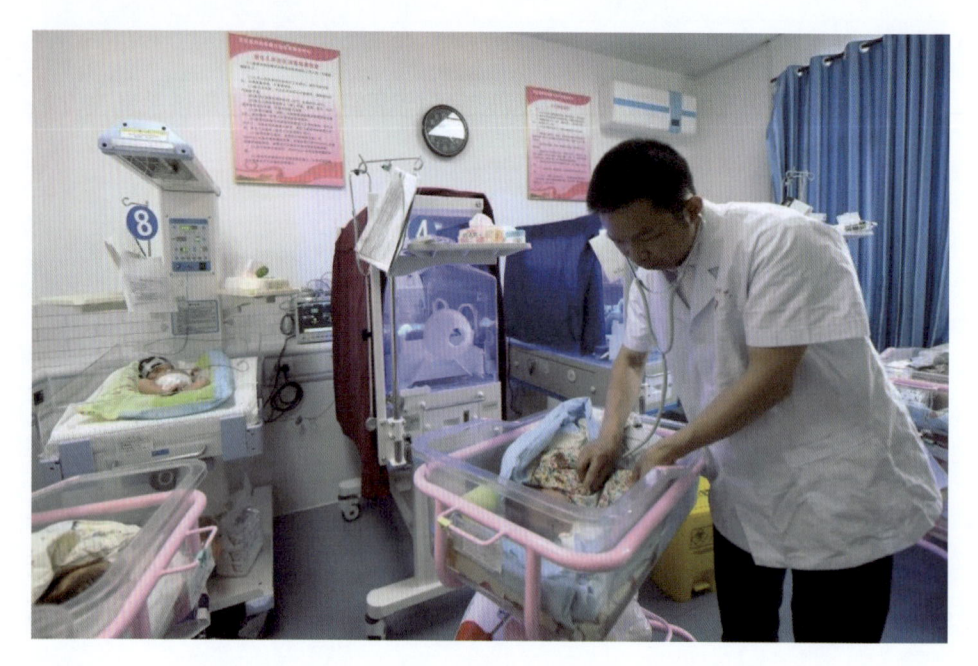

谢红波在新生儿科查房

珍后，脑海中冒出的第一个念头。

11岁的小女孩珍珍为出生后不久皮肤就像烤焦了一样，长满了棕褐色的斑块。当谢红波了解珍珍的情况后，怀疑她患的是罕见的遗传病——着色性干皮病。

谢红波火速联系了浙江大学医学院附属儿童医院的皮肤病专家为珍珍进行远程视频会诊。专家远程会诊的初步结果与谢红波的怀疑一致，如果不干预，可能会诱发皮肤癌导致死亡。

在等了近一个月后，珍珍的检测报告出来了，果然是着色性干皮病。谢红波再次联系了浙江大学医学院附属儿童医院，进行下一步的治疗指导。

"对于珍珍来说，能够快乐地生活每一天是眼下最重要的事。"谢红波留了珍珍姐姐的微信，让姐姐及时跟他反馈珍珍的情况。

此后，每次见到谢红波，珍珍总是不停地说"谢谢"，感谢这位杭州"爸爸"给予她那么多帮助。

初心与责任同在

"2019年4月1日，这一天对于我来说意义非凡：我被天柱县组织部委以重任，担任易地移民搬迁安置地联山新区医院院长。"如何保障2万多名搬迁居民就医的问题，成为谢红波担任院长后要做的头等大事。

为此，联山新区医院先后从全县医疗系统抽调了23名精干的医务人员，完成家庭医生签约。谢红波通过联系杭州市余杭区政府、区卫计局、天柱县政府，争取到医疗设备采购资金110余万元和医院发展基金50万元，并通过个人关系，在余杭民营企业中筹集到3万元用于医院的绿化等设施改造。

基础设施、设备等硬件配置在不断改善。但他更明白，个人的力量是单薄的，培养更多合格医生的任务更加任重而道远。挂职一年多，谢红波先后开展了1000多人次的业务讲座培训，先后选派30余名医护人员到杭州市余杭区学习。他深知，只有软硬件相互合力，才能长久实现天柱县医疗整体水平的提升。

牺牲"小家"护"大家"

"我感觉非常亏欠家人。"在天柱县帮扶一年多，谢红波6次往返杭州市余杭区都是因为工作。"回想一年多的帮扶，我6次回余杭，都是为工作，家里家外的事情压在了妻子一人身上，儿子中考和学校报到也没能像其他爸爸一样陪伴。"谢红波内心对家人充满着一丝歉意。"但妻儿没有一声怨言，让我好好帮助天柱县人民，这让我心里倍感踏实，不遗余力地投入到帮扶工作中去。"

如今，谢红波已结束帮扶工作回到杭州市。一年半的帮扶时间虽然短暂，可在天柱县提起"谢红波"这个名字，当地老百姓都会竖起大拇指。

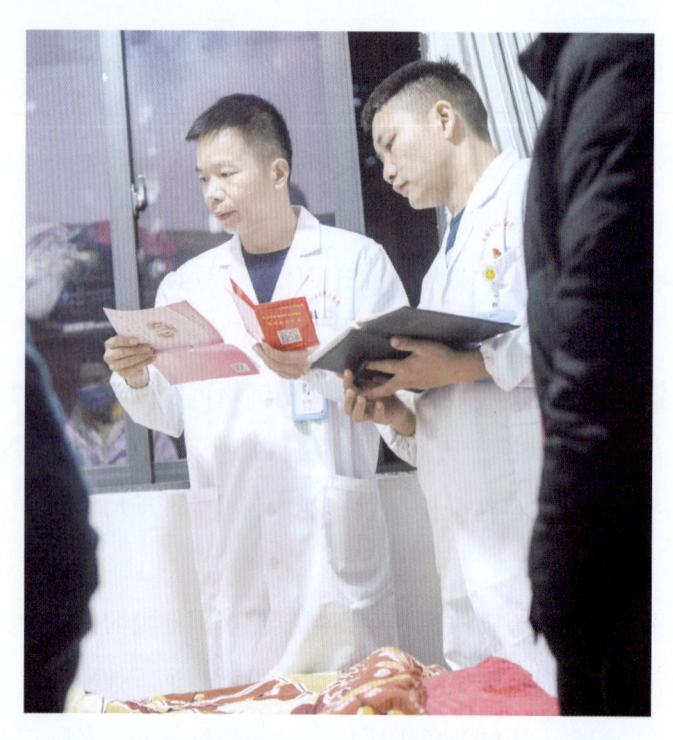

谢红波定期与同事到搬迁群众家中提供家庭医生服务

这位来自杭州市余杭区的谢院长，倾其所学帮助天柱县提升医疗水平，为天柱人民无私奉献着汗水。到天柱县帮扶以来，他担任了天柱县妇幼保健院副院长、联山新区医院院长、天柱县人民医院副院长三个职务，倾其所学，帮助天柱县提升医疗水平，为贫困地区人民的健康护航。

一身白大褂，红心牵两地。从东部繁华都市来到西部偏远山区，谢红波乐此不疲地奉献光与热，用实际行动诠释了一位共产党员的初心和医务工作者的崇高品德，用责任与奉献架起了东西部扶贫协作的桥梁。

（文／凌忠云）

家门口也能看好病

凯里市中医院，门口一块牌子格外醒目——浙江省萧山中医院凯里分院。作为东西部扶贫协作的先行者，杭州市对口帮扶的嘹亮号角响彻苗乡侗寨。

结对帮扶　　优质资源纷至沓来

2017年6月，杭州市第一人民医院、萧山区中医院分别与凯里市第一人民医院、凯里市中医医院签订了对口帮扶协议，从行政管理、临床医疗、护理技术等方面对凯里市的这两所医院开展帮扶。搭建远程教学会诊中心，远程医疗会诊、手术演示、培训教学、学术交流等活动，为凯里市

2019年6月，萧山中医院凯里分院挂牌

疑难、危重患者提供高效、快捷、经济的医疗服务开展。

"全院长来了，我就放心了。"2018年8月3日，杭州市萧山区中医院党委书记、院长全仁夫在凯里市中医院成功为60多岁的患者陈某做了贵州首例OLIF（经腹膜外斜外侧椎体间融合）手术。之后，慕名前来就诊的病人看到了希望。

家住凯里市三棵树镇浪寨村的男孩李第桥，因自小患有先天性脊柱畸形而停学在家。2019年，17岁的李第桥得到全仁夫团队手术治疗后，脊梁正常挺直、自如行走，他也成为萧山区中医院"杏林天使基金"脊柱畸形慈善救助项目惠及凯里的第一位幸运儿，得到一次性3万元的资助款。

2019年6月30日，凯里市中医医院有了一个新的身份——浙江省萧山中医院凯里分院。自此，东西部扶贫协作再添新动力。大医院的帮扶资金、专家团队等优质资源纷至沓来，凯里的市民在家门口就能看好病。这样实现家门口就能看好病的情况，在黔东南并非个例。

补短板　提高"作战力"

"非常感谢县妇幼保健院的医务人员，是她们的及时救助，才让我们母子平安。"2019年4月，岑巩县保健院接到该县羊桥乡的出诊电话。了解到产妇的特殊危重情况，该院提前为产妇手术开辟了绿色通道。产妇一到达妇幼保健院，就立马推进了手术室实施破宫产手术，并在5分钟内取出新生儿，40分钟内完成手术。经历生产大难而有惊无险，喜得贵子的董海叶满是感激。

一颗公心为帮扶，热情奉献在岑巩。自2017年与建德市与岑巩县建立东西部扶贫协作关系以来，两地不断深化工作内涵、拓展合作领域、健全工作机制，立足岑巩所需，切实突出帮扶重点，在项目、人才培养重点，向卫生健康薄弱领域倾斜。通过双方共同努力，帮扶工作取得较好成效。

"岑巩妇幼保健院的硬件设施跟我们东部地区相比还有差距，硬件方面我们无法全部改变，但我可以将自己所掌握的医疗技术倾囊相授，提高该院医务人员的业务水平。"帮扶团队医师李云说。

面对岑巩医疗硬件落后、服务保障能力较弱等实际，帮扶团着力补齐医疗技术服务短板，提高帮扶单位的团队"作战"能力。针对新生儿抢救、难产、产后大出血等危重急诊情况，制定应急预案，开展模拟应急演练，并对每个科室的人员在开展抢救的到达时间进行明确限定，大大缩短抢救时间。

自帮扶团队专家开展帮扶工作以来，在全院范围内开展包括新生儿复苏、肩难产、产后出血、危急重症孕产妇及新生儿急救演练工作等业务培训12次，共计428人次参加，考核合格率均达到100%，取得了较好培训及示教成效。

"以前，我们不敢接收一些特殊的危重孕产妇，因为自己的技术水平和本院的医疗条件都有限，担心不能做好病患的治疗。"岑巩县妇幼保健院妇产科主任尚晓琴说，"现在碰到像产后出血、妊娠期高血压疾病等特殊危重孕产妇，妇幼保健院也能救治了，转诊率大大降低。"

抢救提速　"杭州经验"扎根黔东南

在丹寨县人民医院，以前抢救卒中病人起码要90分钟，现在最快只要20分钟，而国内一线城市的卒中抢救时间要求是60分钟以内。一个县医院的抢救速度缘何能赶超一线城市？创造这个提速纪录的带头人，是来自杭州市的白衣天使。

丹寨县地处山区，当地饮食习惯偏辣、偏咸、偏油腻，加上饮酒多，很多病患血压高而且控制情况不佳。2018年，丹寨县进行健康普查，当地高血压和糖尿病患者近万人，这些都是卒中高风险病人。以前，在丹寨县人民医院，抢救卒中病人的流程需要90分钟以上，容易使患者失去黄金抢救时间。

2018年11月，作为党员，杭州市中医院急诊科副主任中医师王瑞明对口帮扶丹寨县人民医院。初到丹寨县，王瑞明发现医院设立的卒中中心，疑似卒中病人得先排队付费再去治疗，中间环节有些耗时。他和当地医院各科室共同研究，从再造就诊流程入手，使卒中病人踏入急诊大门那一刻，就进入了医院绿色通道。从医生接诊，到抽血检查，再到溶栓取栓治疗，全程有专人陪同。同时，病人先治疗后付费，大大缩短了抢救时间。

2019年初，丹寨县人民医院卒中病人接诊流程再造试运行，一个月内医院就接诊了5位卒中取栓的病人。"全在1个小时内完成治疗，用时最短的病人仅花了20分钟，多亏了王老师带来的'杭州经验'。"丹寨县人民医院神经内科龙文凯主任说。

"没付一分钱，就先给我治疗，太感谢医生了！再过几天，我就可以出院了。"家住杨武镇的莫大伯格外开心。他是丹寨县卒中病人就诊流程再造的受益者。当时，家人发现他一侧肢体活动不利索，马上叫急救车送院，从入院到诊疗用了25分钟。因为抢救及时，他没有留下后遗症。

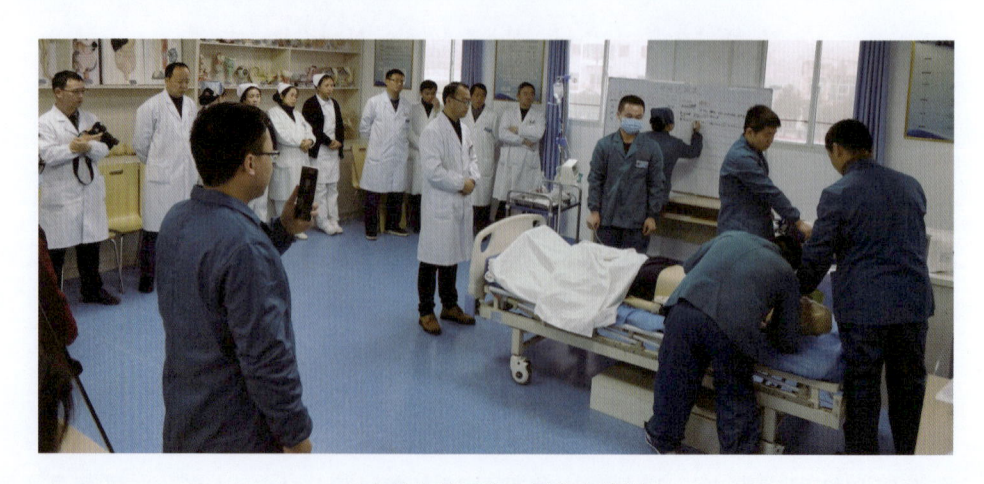

丹寨县人民医院开展卒中培训

"以往，一次卒中就能让一些家庭因病致贫。现在抢救提速，治疗效果好，费用也降下来了。"龙文凯说。

在丹寨县人民医院，王瑞明做了多场卒中培训。急诊科医生蒙仁宇感触很深："让卒中病人的急救时间短些，再短些，让卒中病人未来的生活更有质量。"

斩"穷根"也要斩"病根"。一批又一批来自杭州市的帮扶医生把他乡当故乡，视使命如生命，在帮扶路上默默奉献、绽放芳华，为黔东南州的精准扶贫贡献杭州力量。

（文／凌忠云　余欢）

架起远程医疗"健康桥"

近年来，根据中央深化东西部扶贫协作工作要求和两地对口帮扶协作协议，杭州市委、市政府和滨江区政府不断加大对丹寨县医疗卫生事业的资金帮扶和人才帮带投入，丹寨县医疗卫生水平也在不断提高。以前少见的远程医疗现在也不断应用到县医院、乡镇卫生院中，并逐渐得到普及使用，让老百姓不出远门就能看专家门诊，实现健康扶贫。

"左心室内径是69（毫米）。"

"69是吧？EF（射血分数）值是多少？"

"EF值有29。"

"EF值29是吧，以前没有做过？这次是第一次心超做出来的对吧？"

"不，以前做过好几次，心超都提示是一个全心增大伴有一个左心射血分数严重降低。"

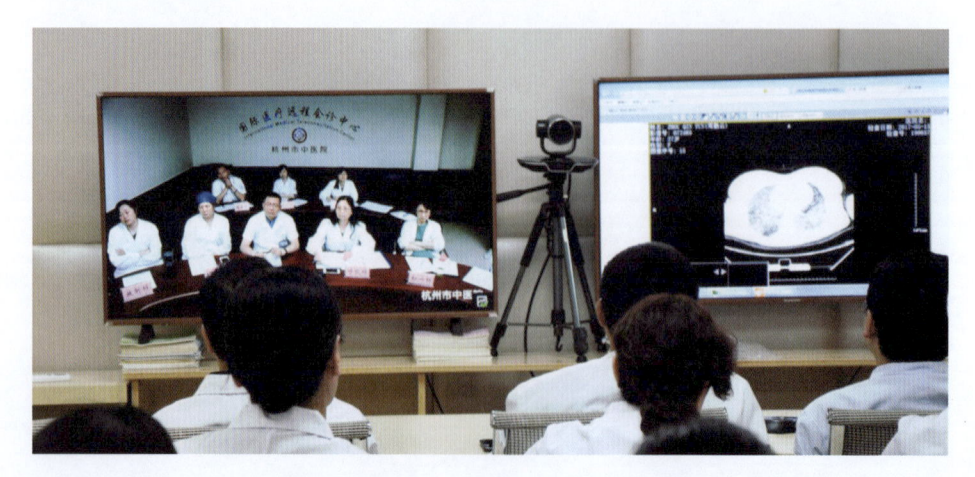

杭州市中医院专家组与丹寨县人民医院医务人员开展远程会诊互动交流

循声而去，丹寨县人民医院内四科的医生团队正在进行远程医疗会诊。显示屏的另一端，负责会诊的是千里之外的杭州市中医院专家。

2017年3月21日，丹寨县人民医院远程医疗中心首次与杭州市中医院远程医疗中心对接，成功实现了第一例远程视频交互式会诊。

通过远程医疗中心在线视频，丹寨县人民医院医生与杭州市中医院专家"面对面"，杭州专家对患者王某的病情做出了准确的判断和分析，为患者提供了明确的治疗方案和注意事项。

家住丹寨县排调镇羊巫村一组的小女孩姜凤同样也是远程视频交互医疗的受益者。

2018年12月21日，小姜凤因皮肤出现大量红疹入院治疗。在杭州中医院医生的帮助下，仅仅6天，小姜凤就病愈出院。

"真没想到，在县医院里就可以把病看好，我们都准备去省医院了。感谢县里的医生和杭州的医生们。"姜凤的爸爸姜有国激动地说道。

远程会诊系统架起了杭州市中医院与丹寨县人民医院的一座桥梁，改变了过去遇到疑难病例交流困难的局面。远程视频会诊在医疗领域的应用，让更多的医疗资源、更强的专家团队力量通过网络短时间内汇聚到偏远地区，让丹寨县人民得到更好的服务，有效地缓解偏远地区医疗力量薄弱的难题。

"提出会诊之后，对方医院也请了相关的专家来给我们会诊。他们经验比较多，可以从他们的角度来帮我们解决没有发现的问题，从而做到更加精准的诊断。"丹寨县人民医院内四科主治医师王维维说。

远程医疗服务启动以来，丹寨县人民医院充分利用这一平台为群众提供更便捷、更专业的医疗服务，提高全县医疗机构医疗服务水平。

同时，杭州市中医院采取"送上来"培养，变"输血"为"造血"的帮扶模式，多次派出精干力量来到丹寨县医院开展实地帮扶，并发动丹寨县医院积极组织医、护、技医务人员送到杭州市中医院免费进修学习，远

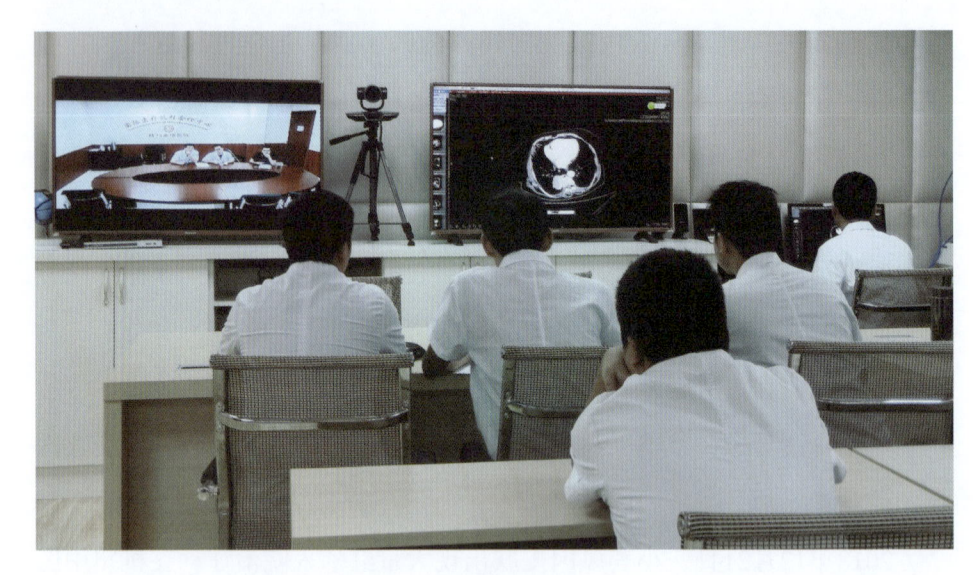

远程影像

程培训百余人。为丹寨县培养了一大批技术过硬的医疗专业人才,打造了一支"永远不走"的医疗队。

自2016年9月17日杭州市中医院与丹寨县医院结成对口帮扶单位以来,杭州市中医院用心、用情、用力支援,以让农村贫困群众"看得起病、看得好病、看得上病"为目标,践行健康扶贫发展模式,真正将"输血"与"造血"完美结合。

随着远程医疗网络系统功能日趋完善,影像资源实现共享,更多"杭州经验"将在黔东南州落地生根。千里问诊杭州专家,搭建起一座座"健康桥"。

(文/凌忠云)

线上线下一片情

走进雷山县郎德镇杨柳村，一栋显眼的小楼坐落在村中心。小楼内，药品、医疗器械、功能室一应俱全。这个医疗条件齐备的小楼便是"传化·安心卫生室"。

就在几年前，作为雷山县较偏远且贫困的村落之一，杨柳村的村民看病还是另一番景象。村民文锡羊回忆："那时山路多，没车子，村里也没卫生室，要去邻村或县城看病，有时还得背着病人去，去县城往往要走好几个小时。"

目睹村民看病难的杨柳村村医唐燕敏，曾在自己家里开辟诊疗室，并自费购买药品和医疗器械，为村民诊疗，但2015年的一场水灾冲毁了一切。无奈之下，本身也非常窘困的她卖了家里的水牛，借了邻村的一个房子重新开诊所，但几乎每天，她都要步行1个小时去上班。

2018年，杭州传化集团有限公司在杨柳村捐资建设"传化·安心卫生室"，并添置医疗设备，让村民在自家门口看上了病。在雷山县，有73个行政村无卫生室，传化集团就援建了70所村卫生室。全国第一所"传化·安心卫生室"就落地于雷山县丹江镇脚猛村。

自从建了"传化·安心卫生室"，唐燕敏才终于感到村里的医疗步上了正轨，"我自己跋山涉水不怕，但是生病的村民一淋雨、一吹风，又走这么久的路，病情就加重了。设施齐全的卫生室对他们真的很重要。"

传化集团已经在"三区三州"地区的14个国家重点贫困县（市）援建1037所"传化·安心卫生室"和1所"传化·安心卫生院"，服务村民

2018年9月1日，全国第一所"传化·安心卫生室"落地贵州雷山县丹江镇脚猛村

116.6万人，其中建档立卡贫困户28.9万人。

"传化·安心卫生室"在雷山县大规模的建设，使基层医疗的网底硬件得到了保障，有了这些保障，雷山县政府通过购买社会服务的方式，向社会公开招聘村医137名，将村医月工资由之前的1217元提高到2000元，并统一购买养老保险，使村医基本生活得到保障，将更多的精力用于农村医疗卫生服务工作。

2018年8月，雷山县农村医学中专班正式开班，为加强农村医疗服务后备力量建设和培养农村医疗服务人才奠定基础。

聚焦村医这个群体，传化集团还利用城市优质医疗资源，开展远程互联网培训，提升村医医技，并为村医每人每年捐赠一份保额20万元的人身意外保险。

2019年7月，传化慈善基金会携手杭州市萧山区中医院，启动"互联网＋村医培训",对正在中西部贫困地区实施的"传化·安心卫生室"公益项目进行升级,通过远程培训的方式为当地乡村医生开展为期一年的授课。黔东南州雷山县、从江县成为培训地区之一。

线上培训内容涵盖急诊医学、儿科学、妇科学、中医学等7个学科,内容丰富、实用性强,主要针对农村的常见病、多发病而设,重点包括高血压、糖尿病、关节炎等慢性病管理,农药中毒处理,推拿技术在常见病中的应用,中医经典方子的使用,抗生素的合理使用等。在较短时间内,较快地提升了乡村医生的医疗水平,让乡村医生"听得到、听得懂、学得会、用得上",从而为村民提供更好的诊疗服务,打通乡村医疗服务"最后一公里"。

除了启动线上的"互联网＋村医培训",帮扶医生们也启动了线下培训,合力解决贫困地区医疗资源质量不高、村医技能培训资源不足的根本问题。线上联通、线下互动也成为东西部扶贫协作村医培训方式的重要创新。

"平日工作再忙,我也一定要多到黎平的基层走走看看,熟悉了解情况,帮助当地村民、村医和因病致贫、因病致困的贫困户解决一些实际困难。"来自杭州市下城区的帮扶医生叶锦霞在她的帮扶日记里写道。

从杭州市到黎平县,两地相隔千里,工作内容和形式也有所不同。但凭着一腔热血、一股韧劲、一颗初心,杭州市下城区石桥街道社区卫生服务中心妇幼保健科科长叶锦霞积极响应国家东西部扶贫协作对口帮扶政策号召,融入新集体,开始新征程。

2018年6月,叶锦霞来到黎平县妇幼保健院挂职任副院长,开始了一年半的脱贫攻坚、健康扶贫。

叶锦霞所在的黎平县妇幼保健院承担着对辖区25个乡镇的妇幼工作督导任务。一次走访过程中,叶锦霞遇到一位28岁的年轻母亲,她几乎不识字,也没有最基本的医学常识。为了方便,居然把才两个月的孩子双腿分开120度以上捆绑在自己的后背；明明母乳够喂养，却认为奶粉更有营养，而自行添加了奶粉。为了纠正这种错误观念和做法，叶锦霞不厌其烦地跟她宣讲正确的育儿知识，因为语言不通，叶锦霞通过肢体语言亲身示范，直至这位母亲能够接受并懂得一些基本的育儿知识，她才舒了一口气。

让叶锦霞时刻牵挂着的还有村医这一群体。当时的黎平县有在册村医439名，他们分布在各个大山深处，为村寨里的老百姓提供医疗服务和公共卫生服务。由于村医属于卫生院的编外人员，很多人都是半路出家，参加卫生知识的简单培训后就上岗了。因为没有经过专业的医学学习，很多村医的专业知识不够，有的连高血压、糖尿病的药物分类都不清楚，更不用谈如何管理慢性病病人，对于专业性更强一些的产后孕

叶锦霞深入黎平县平寨乡开展入户走访（黎平县妇幼保健院／供图）

黎平县妇幼保健院开展义诊（黎平县妇幼保健院／供图）

妇、新生儿访视等更是有所欠缺。

如何发挥好这一特殊医生群体的作用？为此，叶锦霞积极沟通协调，争取到了25万元东西部扶贫协作资金，开展乡村医生业务技能及公共卫生能力提升培训。黎平县举办了为期8天的村医业务技能培训班，这是当地有史以来第一次对村医的全覆盖培训，村医个人不需要承担任何费用。培训内容包括内科、儿科、慢性病、农村急诊急救、基本公共卫生等16个方面。培训结束后，进行理论考核，考试结果纳入村医年度目标考核。培训取得了非常成功的效果，也使村医感受到政府和社会各界对自己工作的重视。

2019年，黔东南州将配齐配强村医和强化村医培训全覆盖纳入黔东南州人民政府十件民生实事之一，通过社会招聘、村医调剂、乡镇卫生院派驻等方式配齐配强村医，壮大了村医队伍。目前，黔东南州共有村医3507人，实现了每个村卫生室均有1名合格村医。

过去，偏远地区的村民往往是"小病靠扛、大病靠拖"，缺医少药的情况屡见不鲜。如今,被视为高端生活方式的家庭医生,已"飞"入寻常百姓家,"飞"进了每一户贫困人口家。随着村医医疗水平的不断提升,基层老百姓在家门口就能看病。

(文／凌忠云)

为山区百姓解除病痛

2020年1月13日，凯里市中医医院顺利为一患者实施胆囊切除术，成功解除了困扰患者的顽疾。这是凯里市"银龄计划"引进专家王雪根副院长亲自主刀完成的手术。

家住天柱县白市镇的龙阿姨一年前因进食后出现右上腹部持续性疼痛，疼起来的时候如同钩子在肚子里绞着一样，并伴有发热及恶心、呕吐等症状，疼痛还扩散至肩背部。龙阿姨曾反复多次就诊于州人民医院，但始终未能治愈，给生活带来了不少困扰。

近年来，凯里市中医院软硬件设施不断完善，专科特色不断凸显，综合实力不断提高，与浙江省杭州市萧山中医院建立了长期对口支援帮扶关系，并且有凯里市引进杭州的"银龄计划"外科专家坐镇。得知这一消息的龙阿姨便来到凯里市中医院就诊，医院诊断为结石性胆囊炎，需要住院治疗。龙阿姨入院后，进行了各项术前相关检查。于1月13日，由援黔专家、主任医师王雪根亲自指导手术，不到一个小时就顺利切除了病变的胆囊，完成了手术。在手术过程中，王雪根副院长还将手术操作的技巧向在场的医生进行讲解，使他们掌握了手术操作的要点。

龙阿姨在手术后很快康复，出院后她还特意送来了一面锦旗，感谢王雪根副院长为她解除了病痛。

同一天上午，王雪根副院长又为一位来自旁海镇的反复发作的胆囊炎胆石症患者顾先生成功施行了胆囊切除术。

王雪根副院长始终坚持"以病人为中心，以质量为核心"的服务理念和职业操守。为了解除病人的痛苦，他尽心尽责，一丝不苟，时刻把全心全意为患者服务放在第一位。几乎每天都穿梭在凯里市中医院临床一线，两个院区，一天来回奔波好几趟，他毫无怨言。在东西部扶贫协作的工作中，他把所有的时间和精力都奉献给了他热爱的工作和病人。随着找他看病的人越来越多，无论是严寒酷暑，还是深更半夜，只要病人有需要，他就迅速地赶赴病房。他用自己朴实无华的行动为自己挚爱的医疗事业添砖加瓦，用自己的善良执着与高尚的情怀默默诠释着"医生"和"人生"的内涵。

（文／邹冉）

万水千山总关情

自2016年杭州市第一人民医院与榕江县人民医院签订帮扶协议以来，杭州市第一人民医院作为榕江县人民医院对口援建单位。2019年，东西部医疗帮扶合作进一步加深、力度进一步加大，杭州市第一人民医院共计派出10余名帮扶专家，对榕江县人民医院进行"组团式"帮扶，涵盖重症医学科、急诊科、消化内科、泌尿外科、妇产科、设备科、护理部等科室。专家们带来的新技术、新理念，让榕江县人民医院各项发展都上了一个新的台阶。

2019年7月，杭州市第一人民医急诊科副主任医师詹建伟到榕江县人民医院挂职副院长，对急诊科进行帮扶，除了白天工作之外，大部分的晚上都在科室协助值班医师处理各类急诊病人，对需要抢救的急危重病人，哪怕是半夜、凌晨都随叫随到，牺牲了大量的休息时间。

2019年10月，杭州市第一人民医妇科副主任医师陈丽先到凯里市医院帮扶3个月，又到榕江县人民医院开展帮扶工作。陈丽平时基本上都处于忙碌状态，午饭、晚饭都很难按时吃。有一段时间，陈丽因为水土不服，在连续拉肚子、腹痛了几天的情况下，她仍然坚持指导手术，手术后自己却倒在了手术室里。

杭州市第一人民医泌尿外科副主任医师陈超，兢兢业业、手把手指导科室医师开展微创手术，尤其是在腹腔镜技术以及经皮肾镜碎石技术上使科室取得了长足的进步，开展了大量III/IV类等高难度手术以及多项新技术，提升了泌尿外科的水平，也填补了多项泌尿外科诊治技术的空白。

消化科主治医师顾伟刚到榕江来帮扶以后，积极开展胃镜和肠镜检查，每天10余台手术，经常加班加点。他还把周六的休息日也当作工作日，一直把病人约到了帮扶结束的前一天。诸伟红副主任护师带去的新项目提高了护理质量、保障了护理安全，每天下病房或到急诊进行现场指导，开展了多项全院的护理培训并协办学习班。

帮扶专家很快克服了水土不服的问题，积极参与到榕江县人民医院的工作中去。针对医院的情况和各科室的特点，帮扶的专家提出了很多有效的帮扶措施和建议，如强化理论、业务能力及管理能力培训，定期安排科室或全院业务学习；全面落实患者安全目标，进行全院安全排查；深入临床一线，做好传帮带工作，帮扶主任手把手指导科室主任开展各种手术。另外，组织开展了系列义诊，与医院的下沉团队一起下乡进村入户，开展医疗扶贫工作，并对多个乡镇卫生院进行业务指导、开展培训等。

专家们的到来，不仅使榕江县人民医院的制度得到进一步优化和完善，而且使学科建设得到进一步加强、服务能力得到进一步提升。在帮扶专家们的带教和指导下，2019年共开展新项目新技术35项，为榕江县人民医院填补了部分技术空白。帮扶专家通过提升医疗技术、强化医疗服务意识、改善就医环境等，使榕江县人民医院就诊人次增加，当地病人外出就诊率降低。2019年，帮扶专家门诊接诊1050人次，急诊接诊1780人次，义诊17次，惠及1300余人；教学查房473次，举行学术讲座57次，开展手术229例，会诊及疑难病例讨论117次。随着科室业务能力的提升，产生了很好的社会效益和经济效益。

榕江县人民医院党委书记、院长余红说："东西部对口医疗帮扶工作开展以来，榕江县人民医院的诊疗范围不断扩宽、技术实力明显增强、服务水平稳步提升、管理水平显著提高；转院率低了，看病难、看病远的问题在一定程度上得到缓解。通过对口帮扶，在医院管理、学科建设和服务能力等方面得到了进一步的提升。"

（文／邹冉）

人物事迹

"以身立教"：陈立群

四年前，台江县民族中学还是当地人口中的"差校"，问题学生多，高考本科上线率仅10%。四年来，学校有2200多名学生考上本科走出了贫瘠大山，成为远近闻名的"名校"。

是什么让台江县民族中学发生了天翻地覆的变化？近日，记者深入该校采访，探寻变化背后的故事。

精准帮扶 "差校"面貌焕然一新

9月的阳光，温暖而不耀眼。在台江县民族中学操场上，高一新生正排队领取新书。看着一张张青春稚嫩的面庞，高三15班学生张志美仿佛看见了刚入校的自己。

"两年前的这个时候，我也是一名新生。那时候，'陈爸爸'已经来了两年了，学校不论从校园卫生环境，还是学习氛围都有了很大的变化。"张志美说。

张志美口中的"陈爸爸"是名校长陈立群。2016年，从国家重点高中杭州学军中学校长岗位上退休后，他婉拒国内多家民办中学抛出百万年薪的"橄榄枝"，以花甲之躯一路向西，跨越1400公里来到台江县支教。

陈立群曾向记者回忆学校原来的状况："简直不敢相信，偌大一所学

陈立群与学生打成一片（台江县民族中学／供图）

校，只有一个食堂一口锅，几十个学生挤一间宿舍，垃圾四处乱飞。更可气的是，老师上课不带教案，课上到一半就草草结束，对学生上课睡觉、玩手机、吃东西等现象视而不见。"

然而，这所学校除了学风令人咋舌，学生成绩更令人震惊。刚开始，陈立群做了一组调查发现，贫困家庭、留守儿童、问题学生占了近一半，全校每年辍学学生100多名，二本院校上线率仅10%，2008年和2011年，全校竟只有一人考上一本院校。

为了把贫困学生从辍学边缘拉回来，帮助身处困境的孩子找到最好的自己，自信从容地走出校园，陈立群上任台江县民族中学校长后，制定了16项管理制度，整顿校风教风，创新教学方法，短短两个月时间，学校面貌就焕然一新。

校风变了，学生成绩自然提高了。2019年，561人考取本科院校，其中上一本线的人数首次超过100人。2020年，1047名考生中，829人达本科线，其中，270人上一本线，本科上线率达到79%。

"看到学校高考成绩一年上一个台阶，大家学习也越来越有信心了。"张志美说,"在高三这一年里,我得更加努力,争取考上一本。"

倾情付出　阻断贫困代际传递

台江县南宫镇拥党村6个一本、方召镇巫梭村8个一本……这几年,每次高考成绩公布后,陈立群都会走村串寨送喜报。

在陈立群倾情付出的感染下,贫困山乡尊师重教的氛围越来越浓厚。曾有学生家长给陈立群来信写道:"感谢您所付出的一切,是您让我们相信'寒门'照样可以出'贵子',是您给我们贫困家庭的孩子点亮前行的路灯。"

台江县民族中学变好了,贫困山乡教育质量提高了,而对于陈立群来说,从教的初心却始终没变。正如陈立群在《我的教育主张》一书中写道:爱与责任是人类道德的基点,而教育就是给予学生不论长相、家境、智商等无差别的真爱。

陈立群"以身立教、以德育人"的精神感动着每一个人,吸引了一批批年轻优秀教师前来支教,为大山深处的台江默默奉献。

从河北来到台江支教的教师白灿便是其中一位。她告诉记者:"作为年轻教师,更应该向陈校长学习,到最需要的地方去,利用自己所学知识,帮助贫困孩子走出大山。"

不仅如此,不少考上大学的学生也表示,学成归来,要为家乡贡献自己的力量,用实际行动鼓励更多贫困地区的学生努力学习。

"在'陈爸爸'和老师们的鼓励下,我今年考上了一本,是家里第一个大学生。"台江县方召镇巫梭村的邰小翠说,"今后,我将努力学习,毕业后就返乡创业,带领村民一起过上更好的日子。"

薪火相传　茫茫大山希望无限

最近，63岁的陈立群即将卸任台江县民族中学校长一职的消息，震动了大山深处的台江县。

不少师生和家长除了舍不得这位兢兢业业为苗乡付出1400多个日日夜夜的好校长，心中更担忧陈校长走了以后，好不容易变好的学校会被"打回原形"。

事实上，陈立群的内心更是百感交集。"卸任校长，主要是组织考虑到我身体状况不太好，虽然杭州选派的新校长即将上任，但我不会马上离开。下半年，我会继续留在台江，确保把工作交接好。"陈立群说。

杭州第四中学的蔡毛已在新一轮的支教路上，做好了接任校长的准备。"从千里之外的杭州来到秀美的台江，开展教育帮扶，深感责任重大。但我有决心履行好组团帮扶的职责，完成一名教师的职业使命。"蔡毛说。

蔡毛表示，接下来，将在陈校长的指导和帮助下，沿着原来的发展思路、落实管理举措、踏实开展工作，在充分了解民中校情、师情、学情的基础上，找准民中发展工作重点，凝聚力量以点带面推动全局，以咬定青山不放松的韧劲、不达目的不罢休的狠劲，将学校管理落到实处、抓出实效。

教育扶贫是长久之计，教书育人的薪火在茫茫大山代代相传。4年来，教育扶贫在台江县民族中学播撒的种子，正在阳光雨露下破土而出，孕育着无限希望。

（文／李卓檬）

"施工队长"：沈翔

憨厚质朴的笑容、自信坚定的眼神、雷厉风行的作风，戴着眼镜的沈翔和黔东南州的乡亲们打成了一片，俨然是个平易近人的好干部。

他从杭州来到黔东南州，跨越万水千山，带着使命和激情而来，只为黔东南州的同步小康添砖加瓦、贡献力量。他将对口扶贫视为一个大工程，党中央和两地党委、政府制定好路线图和时间表，他的任务就是当好"施工队长"，带领38位"施工员"一起把蓝图变成现实。

2018年4月，经中共杭州市委选派，沈翔到黔东南州挂职工作，担任杭州市帮扶黔东南州工作队领队、党支部书记，挂任中共黔东南州委常委、州人民政府副州长，负责东西部扶贫协作工作。

沈翔（中）在榕江县计划乡查看中药材种植项目（陈正奇/摄）

到黔东南州之初，狭窄崎岖的弯曲山路、随处可见的破旧木屋、杂草丛生的荒地田野、淳朴热情的父老乡亲，这里的落后让沈翔更加坚定了信念，一定要在这片希望的沃野上为当地的父老乡亲尽一份力，鼓励和帮助他们用知识改变命运、用双手创造财富、用智慧脱贫……

扎根异乡，把他乡作故乡

"不知道还能不能等到你回来。"父亲的一句叮嘱，深深刺痛了沈翔刺痛的心灵。

2019年，正值黔东南州7个县"整县摘帽"的关键期，而沈翔耄耋之年的父亲身患癌症，急需手术治疗。当时的他没有犹豫，为了肩上的责任，义无反顾地选择了坚守岗位。担心之余，只能趁自己回杭州参加会议的时候，匆匆地看望一下术后住院的父亲后，便立即返程，投入工作。

"把挂职当任职，把他乡当作故乡，是一个'顾不了家'的好干部。"同事常戏称道。

舍小家，为大家。到黔东南州后，因工作繁忙错过了家庭团聚的美好时刻，错过了女儿高考、填报志愿的关键时刻，错过了照顾生病父亲生命的重要时刻……他没有后悔。

"组织需要我，黔东南州需要我。"沈翔他把对家乡的眷恋和家人的牵挂转化为对苗乡父老乡亲的热爱和责任。

心怀群众，矢志战贫。为全面打赢脱贫攻坚战，除了负责东西部扶贫协作工作，沈翔还联系帮扶了岑巩县6个乡镇、2个贫困村。他一有时间就深入当地调研走访、慰问贫困户和驻村干部，召开动员会、誓师会、院坝会，与群众打成一片，共商良策。

2018年10月25日，三穗县台烈镇发生乙级传染病，台烈寨头小学多名学生受感染。沈翔第一时间赶赴现场，组织有关部门对确诊传染病源进行隔离救治，多方调度省、州疫情防控专家刀现场指导，采取事中防控、全力治疗病者等措施，使疫情得到有效控制，受传染的病人得以全部康复出院。

"杭州是我的故乡，黔东南也是我的故乡。"

把他乡当故乡，把他人当亲人。沈翔与大山相拥、与百姓为伴，迈开步子、躬耕黔东南，攻克一个个脱贫难题，解决一件件平凡琐事，谱写一曲曲扶贫赞歌。

只争朝夕，不待扬鞭自奋蹄

"来黔东南州挂职为了什么？在这三年里要干些什么？三年之后，要为黔东南州留下些什么？"沈翔常常自省，时常思考如何将习近平总书记的重要思想与黔东南州的脱贫攻坚实际相结合，"应黔东南所需，尽杭州市所能"。

在黔东南州，他用很短的时间跑遍了全州所有的县（市）和相关州直部门，全面摸清情况，掌握一手资料、把握工作重点、理清工作思路。

"将中央精准扶贫、精准脱贫的总体要求和两地党委、政府关于扶贫协作工作的具体部署结合起来，才能全面打赢这场战役。"沈翔胸有成竹地说。

靠前指挥、精准施策，沈翔提出"坚持'黔东南所需'和'杭州所能'相结合、精准扶贫和示范带动相结合、产业帮扶和智力帮扶相结合，实现单向帮扶向双向合作转变、'输血式'帮扶向'造血式'帮扶转变、政府帮扶向社会多元帮扶转变"的工作原则，并一以贯之地落实到每一项工作中，以助推黔东南州完善产业支撑、激发产业活力、增强'造血'功能。

与此同时，按照"杭州对口帮扶工作走在全国前列"的要求，坚持走在前列、打造品牌，牵头研究制定《杭州市助推黔东南州打赢脱贫攻坚战三年行动方案》，主持修订《杭州市—黔东南州东西部扶贫协作项目管理办法和资金使用管理办法》，不断完善扶贫协作工作体系。围绕产业、就业和社会事业，提出"三业联动"精准扶贫模式，聚焦组织到、力量到、资金到，聚焦坝区、林区、园区，聚焦育人才、育品牌、育市场，聚焦组织化、专业化、大众化，聚焦教育组团、医疗组团、社会组团，聚焦就业、就学、就医等，并在此基础上总结提炼出了"筑巢引凤""招补短板""东品西移"等杭黔东西部扶贫协作十二大经验模式。

"只要勤思苦干，但肯摇鞭有到时。"沈翔时刻勉励自己，坚守初心、学思践悟，将理论知识转化为具体工作方法和举措，方可高效、高质地完成各项工作。

以身作则，竹篱茅舍自甘心

"带着真情实意、投入真金白银、始终真抓实干。"这是《光明日报》在报道杭州市帮扶黔东南州工作的开篇语，完美地总结了帮扶工作的实绩。

两年来，沈翔带领杭州市帮扶黔东南工作队深耕基层，走访了全州近200个乡镇400余个贫困村，实地查看和指导了500余个东西部扶贫协作项目，为黔东南州早日脱贫、精彩出列保驾护航。

2020年初，在新冠肺炎疫情日渐好转的情况下，经省委组织部同意，沈翔带领166名挂职干部和专技人才返回黔东南。"所有事情都等不起、

沈翔（前排一）带领工作队成员重温入党誓言（陈正奇/摄）

坐不住、慢不得，必须紧盯。"沈翔说，这是责任感、使命感和紧迫感。

探索实施"组团式"帮扶、"五位一体"就业体系、"银龄计划"、名誉村长等举措，推动开展"全国百名浙商走进黔东南""杭州人游黔东南""春风行动"吹进黔东南等活动，千方百计为黔东南州脱贫攻坚和经济社会长远发展而着想。

不论何时何地、无论什么项目，沈翔都坚持全身心投入、全过程跟踪、全方位推进，以务实的工作态度、扎实的工作作风，带头树立杭州干部表率形象。

"当好排头兵、建强施工队、打造新样板，建设展现东西部扶贫协作制度优势的重要窗口，这是当前的工作目标。"沈翔坚定地表示。

工作中，沈翔十分注重以党建引领、从严治队，深入开展"不忘初心、牢记使命"主题教育，为队员上党课、讲政策、提要求等；还严管厚爱、形成合力，秉持"一家人"理念、树立"一盘棋"思想，做到拧成"一股绳"干劲，始终对挂职干部在工作上关心、生活上关怀。

务实重行强作风，忠诚担当带队伍。近三年来，在沈翔的带领下，杭黔东西部扶贫协作帮扶成果丰硕，帮扶资金达21.124亿元，实施帮扶项目685个，在全州形成了食用菌、中药材、茶叶、油茶、畜禽、蚕桑、笋用竹、装备制造、服装加工、非遗文创等十大帮扶产业，项目利益联结1566个贫困村，带动22.7万名建档立卡贫困人口增收脱贫。

（文／石含开）

巾帼"战士"：盛春霞

江南千条水，云贵万重山。

2018年4月18日，一群带着帮扶梦想的人组成了杭州市帮扶黔东南州工作队，从杭州市到黔东南州挂职帮扶三年，盛春霞就是其中一名。

作为杭州市帮扶黔东南州工作队唯一的一名女队员，盛春霞到榕江县挂职任县委常委、副县长，不仅是协作帮扶路上的奔跑者，还是穿梭于山与海之间的推销员，更是心怀大爱的慈善家。

引项目，兴产业，促就业。短短两年多时间，盛春霞用行动"耕耘"、用热情"浇灌"、用心血"滋润"着每一颗"援黔种子"，让东西部扶贫协作之花在榕江县璀璨绽放。

勇挑重担　扶贫协作"架桥梁"

"只有脚步到，真情才能到，才能真正了解群众所需所想。"初到榕江县时的贫困现状，更加坚定了盛春霞的帮扶信念："帮扶一定要帮在点子上，要帮在根子上，尽桐庐所能，补榕江所需。"

到榕江县后，盛春霞认真学习领会上级精准扶贫、精准脱贫政策措施，与榕江的干部群众一道打硬仗、攻堡垒，并肩作战。两年多来，她走村串寨、不畏艰辛，足迹遍布榕江县的19个乡镇100多个村寨，在榕江大地上尽情挥洒智慧和汗水。

瞄准目标，靶向发力。2018年以来，在盛春霞的牵线搭桥下，桐庐县

盛春霞在忠诚镇高王村桐榕中药材产业园调研罗汉果产业发展（黄学星／摄）

共实施帮扶榕江县项目42个，涉及帮扶资金1.57亿元，争取到社会捐资、捐物帮扶榕江达3400余万元，重点解决"两不愁、三保障"的短板问题，特别是在榕江县贫困村寨，掀起了"人畜混居"房屋改造革命，彻底改变了当地贫困村"脏、乱、差、危"的人居环境。

榕江县在组织领导、人才支持、产业合作和携手奔小康等方面，都实现了跨越式发展。5个乡镇结成帮扶对子，实现115个深度贫困村、21家医院、63所学校结对全覆盖，大大拓展了两地合作的深度和广度。两地在高层互访、协作协议、工作机制、政策措施等方面的合作全面加强，多领域交流合作不断深化。

"脱贫攻坚工作，一点都慢不得。慢了，就会影响到群众脱贫的脚步。"挑重担、跑部门、跑企业，想方设法对接资源，架起东西部扶贫协作桥梁，盛春霞一直争当协作路上的奔跑者。

2018年，榕江县成功承办黔东南州第九届旅游产业发展大会，顺利通过国家义务教育基本均衡发展验收。2019年，榕江县实现创建双拥模范县

"五连冠",贫困发生率从12.27%下降到3.52%……

"她用她的实际行动和努力,给了我们打赢脱贫攻坚战的底气和信心。"榕江县计划乡党委书记陈海如是说。

聚焦重点产业　壮大产业摘穷帽

"真正的帮扶,要朝深处走。"在盛春霞看来,帮扶既要有广度又要有深度,要能撬动资源、激发潜能。

着眼于榕江县的实际,盛春霞聚焦重点、狠抓产业,穿梭于山海之间,积极对接帮扶资源,让两地的扶贫协作实现无缝对接。

帮扶以来,榕江县围绕果、蔬、药、菌、猪、鸡六大产业,聚焦坝区产业结构调整和林下经济发展,谋划实施重点产业项目,打造了百香果、中药材、生态家禽、油茶、蚕桑等产业项目27个,利益联结贫困人口12364人,带动700多名贫困人口就业。在她的牵线搭桥下,一个个东西

盛春霞在坝区蔬菜产业基地同当地农户一同采摘辣椒(焦征远/摄)

部扶贫协作项目成功落地、一处处产业园拔地而起、一批批产业风生水起……

她通过"项目+企业+市场"的模式，引进企业来促进项目有效运营，相继引进桐庐旭日鞋业、杭州安厨电子商务有限公司、桐庐益乡源农产品有限公司、杭州宇航梦园农业科技有限公司等到榕江办厂或运营项目。她大力推动消费扶贫行动，围绕"十销"工作法，打出结对助销、商超直销、电商销售、文旅促销"四张牌"，开通"扶榕乐购"线上平台，开设桐庐榕江特色产品展销馆，打通杭州联华超市、市民中心等线下销售渠道，累计帮助榕江销售农特产品5600余万元，带动5000多名贫困人员增收，确保扶贫产业持续稳定发展。她积极对接杭州、桐庐职工疗休养资源，打造"苗山侗水·醉牛之旅"精品旅游线路，吸引5000余名职工来疗休养，使榕江的旅游产品和服务功能提到快速完善和提升。

"做事兢兢业业，像个'推销员'一样尽职尽责。"因为用心做、用情帮、用力干，身边的同事和朋友都这样评价她。

志智双扶　　劳务协作"拔穷根"

作为贵州省最后出列的9个县之一，榕江县贫困面大，贫困度深，短板多。针对痛点，盛春霞及时向桐庐县政府反馈，争取后方支援，广泛动员各级商会、协会、企业参与，帮扶榕江县扬优势、强弱项、补短板、固根基。

"之前抓劳务输出，但效果并不明显，中途折返的人很多。"在盛春霞看来，只有扶志又扶智，才能彻底绝穷思、拔穷根。

她围绕"一人就业，全家脱贫"目标用心、用力。出台就业支持政策，组织桐庐企业送岗上门，强化点对点输出。特别是2020年开展"抗疫情、保送到"活动以来，有组织输送9176名贫困人员到浙江务工。为提升稳岗率，积极联系驻桐庐劳务协作站强化跟踪服务，为在桐务工人员提供法律援助、解决子女就学、帮助劳动维权等。做好劳务输出的过程中，她发现有很多"上有老、下有小"的人出不了远门，就通过援建扶贫车间、引进东部企业、开发公益性岗位、东西部项目用工倾斜等多管齐下，帮助2176名贫困群众实现"家门口"就业。

授人以鱼，不如授人以渔。"以创业促脱贫，在抓好就业帮扶的同时，要培育一批创业致富带头人。"盛春霞说，"授人以鱼不如授人以渔。"2020年以来，围绕电商、民宿、茶叶种植加工、桑蚕等领域举办致富带头人培训班，共培训284人，其中帮助148人成功创业。积极为两地职校牵线搭桥，开展合作办班、教师交流、教学资源共享等全方位合作，现已累计输送59名榕江贫困生赴杭州职校就学。

"不像挂职干部，因为她一边为榕江办实事一边学着说榕江话，更像是本地干部。"

盛春霞在蔬菜采选场与正在进行辣椒分集采选的妇女们交流（焦征远／摄）

在榕江，很多人称盛春霞为本地干部，因为不管是抓项目、保就业还是促产业，她都全力以赴、敢担当、有作为、乐奉献。

在目睹榕江县乡村学校简陋的设施、教学水平低下、大量贫困学生和留守儿童得不到良好教育的现状后，心怀大爱的盛春霞发起了助学计划，争做帮扶路上的慈善家。

两年多来，她共筹集了社会帮扶资金2060万元用于捐建学校、留守儿童亲情室、图书馆（室）等；倾斜东西部扶贫协作资金3100万元，用以投入贫困村寨和易地移民搬迁点建设学校及配备硬件设施，在贫困村寨建设了20个村级卫生室等。除此之外，盛春霞还结对帮助榕江县贫困学生，并发动身边的亲朋好友与榕江县的30名贫困学生家庭结成长期帮扶对子，帮助他们在桐庐县找了第二个家。

"脱贫攻坚，桐榕心手相连；同步小康，杭黔携手奋进。"盛春霞表示，让党放心，让群众满意，是她的奋斗目标和永远追求。

真抓实干促脱贫，用心帮扶暖人心。凭着吃苦耐劳的奋斗精神，盛春霞踏踏实实地做出优秀实绩。继获黔东南州2018年"脱贫攻坚优秀援黔干部"称号后，2019年她又被评为"全省脱贫攻坚优秀共产党员""贵州省三八红旗手""全州脱贫攻坚优秀共产党员"等。

（文／石含开）

亲民干部：胡彪

专注扶贫利长远

2018年4月，他从杭州市余杭区到天柱县挂职扶贫，精准聚焦"三业联动"，帮助天柱县打造"一链、一区、一新城"，即林下养鸡全产业链、服装产业集聚区和易地扶贫搬迁安置新城。

他引进的华鼎集团、贵州联合润农公司均被评为"贵州省脱贫攻坚先进集体"，他探索的"扶持本地人创业带动家门口就业"扶贫新模式得到国务院扶贫办会议推广，本人也被评为"贵州省脱贫攻坚优秀共产党员""贵州省脱贫攻坚先进个人"。

他，就是杭州市发改委正处级干部胡彪，现任中共天柱县委常委、副县长。

心系群众塑队伍

"这趟挂职扶贫是很好的国情教育。"刚到天柱县时，当地的县长就告诉胡彪，贵州是贫困人口最多的省，黔东南州的贫困发生率位居全省各州、各市第一，天柱的贫困程度也很深。

扶贫期间，胡彪与当地干部亲历许多画面——因缺少经费，乡镇党委书记带领百姓给村里修路；皮鞋当雨鞋用，崭新的皮鞋几天下来就变形；

胡彪与客商洽谈推进畜禽粪便资源化处理中心项目

发现了革命者龙大道的渊源和事迹，却因缺乏资金没能很好地宣传红色文化……为此，胡彪深感帮扶之路任重而道远。

2018年以来，胡彪带领的帮扶工作组为天柱县争取帮扶投资资金12.27亿元，引进浙商企业12家，带动万余人脱贫。特别是聚焦产业、创业、就业"三业联动"，培育了养鸡和服装两大亿元级产业。在养殖、服装、电商等领域培养200名创业者，通过东西协作企业和项目、公益性岗位等途径，解决2000余人就业。

"只要心怀人民，心系群众，没有条件也能为他们创造条件做好工作。"在扶贫一线，胡彪深刻地感受到，只有始终保持饱满的激情，才能克难攻坚、夺取全胜。

帮扶以来，胡彪特别注重团队建设，塑造了一支凝聚力强、能打硬仗的优秀帮扶团队。2019年，杭州市余杭区5名在天柱县长期挂职的工作人员中，有4名被评为"贵州省脱贫攻坚先进个人"；8名半年以上挂职人员中，有7名获黔东南州级以上荣誉9次。

聚焦产业谋发展

为用好资源，带动百姓脱贫，天柱县将养鸡作为"一县一业"来抓，但是由于缺乏经验、技术与市场，在规模化养殖、屠宰与营销等方面存在短板。

帮扶期间，胡彪通过主动与杭州企业对接，与三弟兄公司洽谈，促成三弟兄公司投资1.8亿元，以天柱县为中心建设畜禽产业项目，使天柱县不仅建立了包括种鸡、养殖到加工、销售等环节在内的产业链条，形成了"多主体、多品种、多环节、多市场"的产业格局，还建成了全省最大规模的土鸡养殖示范基地。随着屠宰加工、冷链物流等设施的建成，土鸡实现了远距离销售。"我们的肉鸡销往广东、广西，蛋鸡覆盖黔湘市场，在杭州等区域建有生鲜超市。"

返乡大学生熊英办的养鸡场因受新冠肺炎疫情影响，2000多只鸡滞销。在胡彪的指导下，2020年5月开始做电商，通过短视频、直播等途径，并依托完整的现代养鸡全产业链以及规模化效应带来的超低冷链物流费用，将土鸡卖到了北京、上海等地。

"我来自杭州，所以我们浙商的创业精神可以有效激发贫困县发展的内生动力，助力脱贫攻坚。"2018年8月，在胡彪的争取下，天柱县与杭州市余杭区的服装龙头企业、香港上市公司华鼎集团签署服装产业合作协议，在天柱县易地扶贫安置点培育4家扶贫厂，吸纳当地160余名搬迁贫困群众在家门口就近就业。

"在这里上班，既解决了生计，又照顾了家人。现在我的工资每月收入3000多元，2019年还被评为优秀员工呢。"从上海服装培训后到华鼎集团天柱工厂工作，由一名普通员工成为精英骨干，搬迁贫困户龙春燕欣喜万分。

聚焦产业谋发展，打造协作新模式。华鼎集团在天柱县修建工厂，并培养了300余名优秀的合格工人,有效带动了当地众多小型服装加工厂的成长,成功打造了有市场竞争力的服装产业群,为天柱打赢脱贫攻坚战奠定了坚实根基。

汇聚力量强攻坚

易地扶贫搬迁不仅是脱贫攻坚的重大工程,还是解决生存的治本之策。

作为贵州省规模最大的安置点之一,近年来,天柱县联山安置点共安置搬迁贫困户2万多人,加上周边生态移民户、公租房住户、原住民,共有5万多人,急需建设宜居宜业的新城。

"必须得引入优质资源,全方位打造一座繁荣兴旺的易地扶贫搬迁样板新城,助力扶贫搬迁。"胡彪说到做到。帮扶过程中,他以产业和就业、基本公共与基层党建服务体系为突破口,引进华鼎集团、联合润农、

胡彪走访建档立卡贫困家庭,与贫困学生交流谈心

闻远科技等企业入驻安置点,并在安置点开展帮扶项目14个,开展培训800余人次,助力500多人实现就业。同时,选派东部优秀人才到安置点小学、初中、医院等单位帮扶,有效提升安置点的教育水平和医疗水平。

值得点赞的是,胡彪在天柱县发起了"关爱山区夕阳红"公益行动,通过募集社会各界帮扶资金,招募农村留守妇女为山区空巢老人提供生活照料、心理关怀等服务,该项目获得了"贵州省志愿服务项目大赛"银奖。

"他是个好干部,为我们着想,很亲民。"提起胡彪,天柱县的百姓这样评价。

专注扶贫利长远,全情投入显担当。两年多来,胡彪积极对接杭州市余杭区社会各界组织,引导社会力量为天柱县捐赠1300余万元,用于支持当地的产业、教育和医疗事业发展。胡彪带领的帮扶干部正与天柱县全体干部一道,共同奏响对口帮扶、助力脱贫攻坚的协奏曲!

(文/石含开)

青年才俊：徐赟

初心不改绽芳华

到丹寨县后怎么做？做什么才能助力当地脱贫？

这些在许多普通人心中大而空泛的问题，在徐赟眼里却再清晰不过。

"全心全意为人民服务，永做一名不忘初心的孺子牛。"这不仅是徐赟的自白，更是他在丹寨县扎根基层的真实写照。

不久前，徐赟被评为贵州省脱贫攻坚优秀共产党员、贵州省脱贫攻坚优秀先进个人、黔东南州脱贫攻坚优秀共产党员等。

俯身埋头干实事

"初到丹寨，饮食、环境等还是不太适应。"徐赟回忆道。

2018年4月，响应国家号召，徐赟投身到东西部扶贫协作事业中，从杭州高新区（滨江）农业局林业水利科科长变成丹寨县扶贫办党组成员、副主任，兴仁镇党委副书记。

徐赟通过努力克服种种不适后，快速投入帮扶工作，迅速开展工作调研和情况摸底，下基层、到田间、访百姓，日复一日、年复一年，时刻为当地的产业发展寻思路、找资源、谋发展。

发挥东部优势，做好"排头兵"，以东西部扶贫协作工作为己任。

徐赟（左一）在龙泉镇高排村协调推进项目（万政/摄）

两年多来，徐赟协调杭州市滨江区41名医教专业技术人员到丹寨县开展帮扶，开展党政干部、扶贫业务骨干、驻村书记、第一书记、村支书、村主任等扶贫干部培训1003人次，培训专技人员2000人次，实现了东西部校际结对和医院结对全覆盖，63个深度贫困村与东部社区、企业、社会组织结对全覆盖。

"只有群众工作有着落了、收入稳定了，他们才安心，我们也才放心。"徐赟说。

徐赟积极联系两地人社部门，加强劳务协作，举办东部专场招聘会12次，为当地群众提供就业岗位4000余个，成功输出到东部就业建档立卡贫困劳动力1463人次，输出到其他地区就业152人次，还协调资金举办贫困劳动力就业培训14期，共600多人次参加培训，实现就业400人。

全心全意谋发展

夏至,走进丹寨县烧茶村,连片的吊瓜一眼望不到头,随处可见繁忙的景象。

"以前种植玉米,每亩地年收入仅300元左右。如今改种吊瓜和板蓝根,每亩地年利润达4500元。"烧茶村党支部书记杨秀贤说。从2018年起,村里的"贫"土地正在变成"金"土地。

2018年,滨江区驻丹寨工作组进驻丹寨县,探索如何实现产业脱贫。经过对当地土壤、气候等自然条件的调研,最终选定吊瓜套种板蓝根作为扶贫产业项目。

"除了资金支持、引导企业技术支持以外,我们还充分利用土地资源,提高土地利用率和附加值。"徐赟介绍说,"通过实践摸索出吊瓜套种板蓝根、吊瓜套种黄精的套种模式,可以为村民带来更多收益。"

因地制宜发展产业是长效脱贫的根本。为发展丹寨特色农业产业,徐

徐赟(左二)走访贫困户了解群众意愿(万政菊 / 摄)

赟时常深入田间地头，与农户进行沟通，与产业专班、专家、有关部门进行探讨。他通过调研，全面掌握丹寨县过去发展中药材产业的成功经验、土地流转、技术保障、产后销售、利益共享等问题。

"让更多的老百姓了解中药材，认可中药材产业，激发他们自主发展中药材产业的内生动力。"徐赟说。

在他的牵线搭桥下，累计建成了丹寨县蜡染车间、丹寨县洗涤车间及丹寨县兴仁镇烧茶村寄望产业扶贫专业合作社等3个扶贫车间，吸纳建档立卡贫困人口就业58人、带动残疾人就业3人，3个扶贫车间均实现分红，建档立卡贫困人口566人受益。同时，充分利用帮扶项目和社会捐赠资金，发挥项目带动作用，设立公益性岗位，帮助1800名贫困群众就近就业。

2018年以来，杭州市滨江区在丹寨县投入帮扶资金1.22亿元，实施扶贫协作项目47个，覆盖全县63个深度贫困村、14个贫困村，带动9300名群众脱贫，使5万多名群众受益。其中，帮助6个乡镇13个村建立中药材种植基地，新建吊瓜套种板蓝根中药材种植基地2750亩，林下种植天门冬1043亩。

不忘初心显担当

"徐主任是一个为民着想、务实的好干部。"烧茶村村民吴庆贵说。在徐赟的指导下，他把家里的土地流转给当地的合作社，还在合作社基地任基层管理员一职，年收入3万余元，让他看到了未来美好生活的希望。

为了更好地让贫困群众受益，徐赟长期在一线现场，深入群众，了解其创业意愿、就业意向，与村干部、贫困户沟通交流经营理念，帮助提高产业项目的管理能力和利润产出。

"真正地去为群众做一些力所能及的事才是初心，也是信念。"徐赟如是说。

徐赟不忘初心，兢兢业业，克服种种困难，认真落实东西部扶贫协作各个项目，推动完成各项指标任务，圆满顺利地完成了2018年度、2019年度国家、省级东西部扶贫协作考核任务，各项成绩得到了上级部门的肯定。

真情帮扶显成效。2019年3月，在第三方评估检查中，丹寨县"零漏评""零错退"，群众认可度高。同年4月24日，经贵州省人民政府正式批准，丹寨县正式退出贫困县序列，顺利实现"减贫摘帽"。

（文／石含开）

科技英才：诸葛翀

用心浇灌希望花

"在基层做帮扶工作，帮助群众脱贫致富是我的职责。"建德市农业技术推广中心土肥站站长诸葛翀，主要致力于岑巩县东西部扶贫协作农业产业发展。

诸葛翀到岑巩县农业技术推广站任副站长已有两年多时间，为东西部扶贫协作工作，交出了一份份成效颇丰的"科技答卷"。

桑蚕产业"带头人"

"岑巩的群众是十分勤劳的，缺的只是现代农业的科学化指导。"

2018年7月，上任后的诸葛翀，通过一个月的实地走访调研后发现：岑巩县的广大农村曾有种桑养蚕制衣的优良传统，但传统的种养殖方式耗时费力，产量不高，加上群众基础、种养技术均为空白，形成不了产业。如何发动群众参与、构建技术服务体系，成为当地发展蚕桑产业的一道难题。

为帮助当地群众依托种桑养蚕脱贫致富。在诸葛翀的牵线搭桥下，2018年，岑巩县从建德市引入蚕桑产业，开启了桑蚕种养殖的发展之路。

"从传统的种桑养蚕开始，运用自己所学的专业知识，把专业的桑蚕

诸葛翀（右二）介绍种桑养蚕项目情况（任元 / 摄）

种养殖技术教给群众。"诸葛翀说。

为做好蚕桑产业的组织发动、技术服务、培训农民等方面的工作，诸葛翀吃住在村，挨家挨户发动群众、整村整寨开展培训、逐人逐项进行现场指导，攻克了一道道技术难关，引导贫困户直接参与蚕桑产业发展；同时，还邀请浙江省各级农业技术推广部门和科研单位专家前来授课，协助岑巩县进行县、乡、村、户四级农业技术推广服务培训体系建设。

两年多以来，诸葛翀共上门动员群众4000多人次，举办培训班15期，培训贫困户和致富带头人1500人次以上，有力地助推了蚕桑产业发展，脱贫成效显著。以天星乡为核心推广改良种植桑蚕共7070亩，覆盖贫困人口3500多人，带动贫困群众直接参与蚕桑产业发展1000人以上，吸纳就业1万多人次，贫困户参与率达到30%以上，直接获益24万元。

因此，诸葛翀也成为岑巩县桑蚕产业"带头人"和种桑养蚕技术改良的"第一位"推广人。

不破楼兰终不还

"不破楼兰终不还。"这是诸葛翀给自己定下的目标。

任职期间，根据岑巩县农业发展实际，诸葛翀协助岑巩县起草并出台《岑巩县2018—2020年发展农业产业助推脱贫攻坚实施方案（试行）》、《岑巩县2018—2019年东西部扶贫协作重点产业发展实施方案》，助力当地产业发展。

2020年2月20日上午，经上级批准后，诸葛翀与杭州市帮扶黔东南州工作队的163名队员搭乘包机前往黔东南履行职责。在他的箱子里，除了行李之外还有一包包浙江的蔬菜种子：苏州青、小白菜、萝卜……

"根据黔东南州的温度、土壤选择的蔬菜种子，带去实验，效果好的话可以进行推广。"诸葛翀说，"仅仅依靠桑蚕帮助群众脱贫致富是远远不够的。"

为帮助当地群众脱贫谋发展、寻出路。诸葛翀严格按照"发展产业、农民增收、整村脱贫"的工作思路，积极引进市场主体，构建"政府＋企业＋合作社＋农户"的组织体系，引导农户（特别是贫困户）发展蚕桑、草莓、芳樟、西红花、食用菌、果蔬乐园等几类普惠式农业产业。

有付出就有收获。在诸葛翀的指导下，岑巩县产业种植区域合理规划布局——形成了以羊桥乡为核心的西红花产业种植，以天马镇为核心的芳樟产业种植，以注溪镇为核心的草莓种植，完成全县200余个食用菌产业基地大棚建设等。

"年轻人不怕苦不怕累，就怕没有工作平台。"诸葛翀说："感谢组织为我们搭建的东西部扶贫协作的平台，让我可以将自己所学到的农业技术传授给农户，帮助当地农户脱贫致富。"

用心浇灌希望花

"诸葛站长帮我做指导,让我感觉到了希望。"郑宗银感叹道。

郑宗银是天星乡天星村的贫困户,他想通过发展蚕桑产业脱贫致富,但因自身残疾担心有心为力。诸葛翀得知他心中的顾虑后,反复劝说,还冒着大雨、踏上山路帮郑宗银选择优良的蚕桑种植地块、合理布局桑园基地种植,指导他在桑园套种蔬菜、水果增加经济收入。

在诸葛翀的指导下,郑宗银踏上蚕桑产业的发展之路,成功发展桑园30亩、养蚕10张,当年增收2.1万元,成为了该村蚕桑产业发展大户,该村也因此发展蚕桑产业热情高涨,一口气发展桑园500余亩。

"只有真正全心全意为群众谋发展,群众才会相信我们。"两年多的扶贫工作,使诸葛翀对脱贫攻坚有了新的认识。他说,东西部扶贫协作是实现资源的最优调配,必须确保农户发展产业的长期根本利益,才有助于企业、合作社的生存发展,才有助于产业的发展壮大。

诸葛翀与岑巩县全体干部一道,以东西部扶贫协作产业发展和农产品

诸葛翀在田间指导桑苗种植(张亮 / 摄)

后续开发为发展导向，奋力提高当地产品品牌的影响力、市场竞争力和综合效益。同时，依托科技、良种良法，推广先进实用技术和标准化种养技术，有效提升农产品的产量和质量。

跨越千山万水，历经千辛万苦。两年多的时光，诸葛翀用自己的方式搭建起了东西部城市的友谊桥梁。在建德市帮扶干部与岑巩县群众的共同努力之下，用汗水浇灌的希望终于开出幸福之花——2020年3月3日，岑巩县退出贫困县序列，实现脱贫"摘帽"。

（文／石含开）

后 记

在脱贫攻坚这场战役中，东部发达地区帮助西部落后地区是一种有效而又被广泛使用的方法。杭州市是对口帮扶贵州省黔东南州的主要城市，为黔东南州的脱贫攻坚做了大量细致的工作，提供了巨大的帮助。为了记录杭州市帮扶黔东南州脱贫攻坚的工作情况和在这场伟大的壮举中所涌现出来的先进典型和感人事迹，我们编纂了《从杭州到黔东南》一书。

编纂《从杭州到黔东南》一书有着深远的历史意义，浙江、贵州两地的宣传部门也高度重视。本书从产业项目、市场劳务、文化教育、医疗卫生、人物事迹等诸多方面着手，记录杭州市坚持"优势互补、长期合作、共同发展"的方针和"突出重点、民生优先"的原则；真扶贫、扶真贫，多渠道、多形式对口帮扶黔东南州，在资金项目、产业帮扶、社会事业帮扶、人才智力帮扶、常态化交流机制等方面倾力支持；构建起"政府帮扶、人才支持、企业合作、社会参与"的全方位、多领域协作工作格局；助力黔东南州阔步发展的众多举措。杭州市帮扶黔东南州工作队对于本书的编写提出了许多建设性意见，并在后期做了大量而细致的工作。

本书的编写离不开长期以来在杭州市帮扶黔东南州脱贫攻坚一线辛勤采访的记者朋友，在此要感谢杭州新闻界、黔东南州新闻界，以及各类媒体的资料提供和有力支持,这为本书的编纂起了重要作用。

由于时间仓促,资料掌握不全,或许还有许多事迹没有录入,恳请读者朋友提出宝贵意见。

编 者

2020年12月